谷川蘭子
TANIGAWA Ranko

文芸社

目次

一　序曲（霧雨の日）　6
二　我が家の孟母三遷　8
三　伸二のアメリカ通い　13
四　アメリカへ　17
五　ワンデイ（思い出のランチ）　19
六　バーソードの日々　21
七　七十四歳のバースデー　27
八　最後のショッピング　36
九　泣くジュディー　42
十　アメリカより　44
十一　日本より（ジュディー没）　45
十二　天国のジュディーへ　48
十三　ヒロさんの手紙　52

十四　木の小箱（成田空港にて）　53
十五　七十四歳子育て奮闘中　54
十六　過ぎこし日々　59
強敵たこ焼／59
不思議の国のアリス症候群／62
ある日の喧嘩（エバ）／64
ビオフェルミン／65
ひき蛙／68
文楽／69
貧乏／70
美人／71
病院／72
トランペット／73
マイク　十代のある日／75
エバ　十代のある日／77

マミーのパジャマ／79
野鴨のお母さん／80
ダーディーのデート／82
マミーの思い出　エバの話／85
十七　兄妹の絆　87
十八　マイクの卒業式　89
十九　旅立ち　92

あとがき　98

愛しの我が子へ（木の小箱より）　114

一　序曲（霧雨の日）

それは薄いベールを広げたような霧雨の日であった。

アメリカからの一本の電話が、穏やかな生活に波紋を投じた。電話は息子、伸二の最愛の妻ジュディーからだった。

「なかなか風邪が治らないので病院に行くと、いろいろの検査の末、急性白血病と言われた……」

と彼女は、つぶやくように言った。

それは二〇〇五年（平成十七年）三月二日、雛祭の前日のことである。

こうして思いもかけない人生の嵐が、私達一家におそいかかり、私の子育て、いや孫育ての序曲の幕が開いた。私の人生終盤七十二歳の早春のことである。

そして今、リビングルームのソファーに身を沈めた息子は、身じろぎもせず、ジュディーが終の棲家と決めた大好きな庭を眺めている。その後ろ姿は、空《うつ》ろで何者をも寄せつけないくらい、孤独であった。

あくる三月三日、息子はコロラド州のバーソードの自宅のジュディーのもとに出発した。「絶対に治して連れて帰ってくる!!」と自分自身にも、私にも言い聞かせるように宣言しての旅立ちであった。

思い返せば、息子が結婚したいと連れてきたアメリカ娘に、田舎暮らしの私達夫婦は、びっくり仰天した。彼女は白雪姫のように美しく、たどたどしい日本語で「ジュディーです」と愛くるしく挨拶をした。

結婚式はハワイだった。太平洋戦争の時、特攻隊の予備軍（第十五期海軍飛行予科練習生）だった主人が、結婚式恒例の花嫁とのダンスを始めると、ジュディーの親族達は「神風、神風……」とささやいた。私はジュディーの父親と、伸二は彼女の母親と踊った。それは、和やかで、ほほえましい結婚式だった。主人は、それはそれは、彼女を可愛がり、自慢の嫁であった。彼女は、あらゆる面で我が家の天使であり、プリンセスであり、そして大事な娘であった。そして二人の子ども、マイクとエバにも恵まれ、幸せの絶頂だった。

まず、どうしてこの仲の良いファミリーが、日本とアメリカに別れて生活するようになったのか……このことを話さねばならない。

二　我が家の孟母三遷

「孟母三遷《もうぼさんせん》」とは、孟子の母が子どもの教育のために環境を何回も変えた……、という有名な話である。思いもかけず私の身辺で、この言葉を思い出すようなことが起こった。

息子夫婦が、子ども達を自然の中で育てたいという願いで求めた家は、今までの都内の家とは違い、緑豊かな郊外の山側で、終の棲家にする……と言うくらい、素敵なアメリカ風の家であった。

二〇〇二年の九月、マイクの一年生入学（インターナショナルスクール）に合せて八月の引っ越しとなった。

楽しい学園生活だと思っていたのに、一学期を過ぎた頃、問題は表面化してきた。学校でマイクは問題児だと言うのである。授業中、教室内をウロウロする、先生がこれから言おうとする内容を先に全部言ってしまう、文字を書くのが遅くみんなと同じスピードで終わらない、団体行動が苦手である……など。ついにマイクは、大きな目に涙をためて、ベソをかくようになった。懸命にこらえるその姿は、いじらしく胸が痛くなった。しかしこれは、重大なことである。

そして一学期の終わり、初めての成績表に、劣等生の烙印を押された。普段の生活を見ている息子夫婦には、全く納得のいかない中、図書室の先生の言葉が道をつけてくれた。

「二、三日マイクと行動を共にしましたが、この子は考え方や、言うことが他の子と違います。彼は非常にＩＱが高いのかもしれません。アメリカのコロラド州デンバーにＩＱのテストをする公的機関がありますから、一度テストを受けさせてみたらいいと思います」

こうして冬休みに入ると、母親と子ども達の三人で渡米した。マイク六歳、エバ四歳の冬のことである。そして、いろいろの手続きを経て、デンバーでテストを受けることになった。東大生の平均ＩＱは、１２０だそうで、マイクのテストの結果は、１３４と80と高い数字を示した。しかし、どうして一ヵ所80と低いのか……ということで徹底的に身体検査が行われた。結果、マイクの右の耳が、難聴ではないが、少し異常があることがわかった。

「これは耳にシールをはめたりすることによって１４０以上のＩＱがあります。つまり彼は『ハイリー・ギフテッド・チルドレン（Highly Gifted Children）』です。兄妹は似ていますから、妹さんもテストを受けさせてください」

と検査の担当者から言われた。

ちなみにエバはＩＱ１４４だった。そしてＩＱが１４０以上の人に交付されるＩＱカードが二人に手渡された。

しかし、それからが大変で、息子夫婦の深い深い悩みと、迷いが始まった。

アメリカには、そういう特殊な才能の子ども達が入る公的学校があり、国や州で教育をするというのだ。しかし父親の仕事場は日本である。別居などとうてい考えられない彼らは、いろいろと日本の学校を調べだした。

その頃、私の知るかぎり日本の教育そのものが平等をモットーとし、特殊な英才教育をする学校は皆無であった。何よりも問題なのは、普通の学校で教育すると、そのレベルに引っぱられて、せっかく持って生れた才能をつぶす場合が多いということだ。悩みはますます深刻となった。おそく仕事から帰ってきて、一人、ソファに身を沈めた息子の考え込む姿を、私は見守ることしかできなかった。

一月、仕事の合間に渡米した彼は、いろいろな人達の意見も聞き、ジュディーと話し合った。そして、やはりバーソードの近くのボルダーにある「Ｒスクール」のテストを受けさせるという結論を出した。

お隣のヒロさんは、

「ダイヤモンドだって、カットの仕具合によっては、ただの石ころよ。この先が楽しみじゃない。マーちゃんが、どんなに成長するのか楽しみだわ。子どもは神様からの大事な預かりものだもの。親は大変だけど、がんばらなきゃね。望んでもできないことだわ」

と前向きな気持ちになるよう励ましてくれた。

息子の友人のトーマスは、その学校のことをよく知っていた。

「あれもダメ、これもダメで、マイナス志向で生きるより、特長を生かして、のびのびと、その力でチャレンジする人生が絶対いいです。これは強力な力です」

幸いマイクは、テストに無事合格した。そしてそれからの彼らの行動は速かった。まず、ベンドに持っていた牧場を売却し、学校近くのバーソードに家を買って、親子三人移った。牧場つきの家は、夫婦の夢であり、ステータスであったが、子どもたちのための決断であった。

仕事場が日本の父親、伸二とは離れ離れになってしまうが、十年くらいの辛抱である。夏休みは三カ月だから、その期間三人は日本に帰ってこられるし、それ以外も二カ月に一度、十日の予定で伸二がバーソードに行く……というサイクルも決まった。

四月初め、アメリカから帰ってきた息子は、すっかり明るくなり、毎月の休み返上で、めりはりのある働きぶりである。終の棲家と決めた家を十年間離れる決心をした母親のジュディーを見ていると、私はこれこそ我が家の「孟母三遷」だと思った。その後、五歳のエバも、翌年九月の入学に向けてのテストにも、めでたく合格した。小さな「Rスクール」には、ヨーロッパやインドなど、いろいろな国の子ども達がいた。なかにはＩＱ２００という子もいた。悩みに悩んだけれど、あとは信じて進むのみである。

私は、十年、二十年後の二人の孫の成長と、息子夫婦の決断の先にある幸せを見届けたい……と思った。

こうして伸二一家は、夢に向かって歩きはじめた。

それから幸せな日々が流れ、子ども達は八歳と六歳になっていた。

三　伸二のアメリカ通い

二〇〇五年の五月半ば、伸二帰国。勤務先が日本である彼のアメリカ通いの始まりである。

私はジュディーの大好きな日本の家で、留守を守ることとなった。彼女が、いつ帰ってきてもいいように、せっせと庭やポーチに花を植えた。成田山に平癒を祈り、お守りをいただきにも行った。宗教は違っても大丈夫、大丈夫、と自分に言い聞かせながら……。

六月、伸二渡米。

私は、シアトルの病院に入院するジュディーに、祈るような気持ちでお守りをことづけた。しかし彼女の具合は良くなかった。

七月、伸二より電話があった。

「ずっと探していた適合するドナーが、やっと見つかり、八月二十五日移植することが決まった」

電話の声は落ち着いた様子で、少しホッとした様子が伝わった。

もう子ども達は夏休みに入っていた。ジュディーのつらい放射線治療の間、子ども達を日本で過ごさせることになり、七月半ば、伸二は子ども達を連れて帰国した。重病の母親のそばからしばらくでも離してあげたい、との思いの短い夏休みだった。

そして、しばしの日本生活が終わった八月半ば、マイクと、エバは、父親と共にアメリカの母親のもとへ帰った。

その後、八月二十六日、待ちに待ったジュディーの移植手術が無事に終わり、九月十七日に退院した。勤務地が日本である伸二は、心を残しながら、九月二十三日、子ども達を置いて一人帰国した。

移植が成功したとはいえ、それはひとときの安らぎにすぎなかった。

十一月二日、再び伸二はアメリカへと旅立った。ジュディー、四十二歳。

しかしわずか二ヵ月の命という、風前の灯火のような酷い宣告だった。

もう何も考えられない!!

私は、せっせとジュディーの大好きなこの家の周りに、パンジーやビオラを植えた。

彼女の喜ぶ顔を想像しながら、家や庭の写真をいっぱい送ることしか私にはできなかった。

「ジュディー、貴女が帰ってくる頃は、玄関のポーチも、家の周りも、花でいっぱいよ。早く早く帰っておいで……」

暮れも押し迫った十二月三十日、持ち直したジュディーと子ども達を置いて、伸二は一時帰国した。しかしそれは「二〇パーセントの生存率」という医師の言葉を胸に秘めてのきびしいものだった。

それでも小康状態の彼女は、明るい声で電話をくれた。

私は、「これくらいでいいから、どうぞ続いてくれるように……」と、すべてのものに祈った。神様はもちろん、天地、木々、蟻にさえも……。そして、桁外れの治療費や、ドナー探しに始まり、二カ月の命と宣告された時の息子に私は、あらためて捨て身の人間の強さを知った。

そして、二カ月の命から折り返すことのできた今、信仰心の欠けらもなかった息子の口から、「神様や、お父さん、心配してくれた皆のおかげだ。守ってくださったのだ……」という言葉を聞いた。

しかし、二〇〇六年三月、彼女は感染症を起こしていた。ガンの再発である。

二人の幼い子どもを残して死ぬに死ねない彼女は、もう一回移植をしたいと願った。無理な願いだと解っていても、伸二のドナー探しがまた、始まった。

春の足音が微かに聞こえ始めた頃、ついにドナーは見つかったが、もう彼女の体が移植に耐えられないとの判断だった。

しかし哀れにも彼女はあきらめなかった。伸二は、ずっとアメリカだった。

玄関先のビオラが咲きほこる四月、アメリカから電話がかかってきた。

「お母さんに会いたい!!」

それは、むせび泣くようなジュディーの声だった。

「行く!!　行くからね。すぐ行くから待っててね!」

私は受話器をにぎりしめ、身を乗り出して叫んでいた。

「ジュディー、貴女は我が家の太陽なのよ。元気になって!!　どうか元気になって……」

私は声にならない声で呼びかけた。

ああ、神様、神様……。

四　アメリカへ

四月十九日、私はアメリカへと旅立った。

成田からサンフランシスコへ九時間のフライトを経て、デンバーまではさらに二時間半。空港にはスカーフをかぶったジュディーが、伸二と子ども達とで迎えに来ていた。

少し背の伸びた子ども達は愛らしく、美しいジュディーの顔色は少し色が斑《まだら》に黒くなり、豊かな黒髪が自慢の彼女のスカーフ姿は意外だった。私は病の進みの速さに胸をつかれた。

空港から車で四十分、コロラド州のデンバー郊外にあるバーソードの家に着いた。ロッキー山脈は真っ白で、空気は澄み切り、乾いていた。見渡すかぎり、なだらかな丘陵をかかえた平野は、百八十度いや、三百六十度の展望だった。『風と共に去りぬ』のタラの農場を見ている気持ちだ。ここは、都会のアメリカではなく、カウボーイが出てきそうな草原のアメリカである。

家は洒落た木造で、家の裏は一段低くなって、一万坪余りの草原が、なだらかに広がり、白い柵が土地を囲って美しい。町はずいぶん遠いらしく、物音一つなく、人の気配もない。車社会である意味がよくわかった。動物は、犬二匹、大きな猫が七匹。このうち四匹の猫は、もと馬小屋だった所に住んでいた。家の裏にトランポリンが置いてあり、子ども達が跳びはねていた。

私は、何もかも珍しく、旅の疲れも忘れて草原を歩き回った。ずっと奥には沼地のような所があり、サラサラと小川が流れていた。日本のように向こう三家両隣というワケにはいかず、両隣は遥か向こうである。こうして、私の短いアメリカ生活が始まった。

ジュディーは、小康状態を保っていた。バーソードの自宅から、デンバーの病院へ定期的に通っていた。八名の医師がチームを組み、彼女の病状を見守った。移植後A型になっていた彼女の血液型は、もとのO型にもどっていた。具合のいい時と悪い時が続いた。具合のいい日は、みんなでショッピングモールに行った。ジュディーは、子ども達の粘土や絵具、イーゼルなどを買い、私は美しいカードを買った。

五　ワンデイ（思い出のランチ）

四月二十二日、今、思い返せば、あれが、ジュディーとの最後の外食となった。「レストランで食事をしたい」と言う彼女の要望で、親子四人と私で、レストランに向かった。遅めのランチである。真っすぐにのびた道路の脇に、円形の駐車場を囲んで数軒のレストランが並んでいた。行きつけらしいレストランに入ると、奥まったテーブルに席を取った。ここがなじみの席らしい。ランチの時間を過ぎた店内は、客もまばらで静まりかえっていた。

何を食べたのか忘れたけれど、ゆっくりと時間をかけた昼食だった。彼女はスカーフを被っていたが、それでも美しく、幸せそうに子ども達と会話を楽しんでいた。

少し離れた窓際のテーブルで、五、六歳くらいの男の子と若い夫婦が食事をしていた。男の子は、一本の髪もないツルツルの頭だった。それでも若い父と母親は、愛しそうに話しかけ楽しそうだった。それは全く偶然だけど、一目でその子が「ガン」だとわかった。私は、気がつかないふりをし、ジュディーに見えないように見えないようにと気を遣いながら、たわいない話ばかりした。

長い食事がすみ、キャッシャーで支払いをする時、ジュディーが「あのテーブルの食事代、私が払っていい？　払いたいの」と言った……。伸二は、何気ないふりをして「いいよ」と言った。そして彼女は、キャッシャーに、「私達が帰った後で言ってくださいね」と念を押してレストランを後にした。

息子もジュディーも気がついていたんだ……。

あの若い家族が、同じ病の子どもをかかえて、悲しい戦い、いや、ひょっとして希望の戦いをしてることを……と胸が痛くなった。どんな思いであの情景を見、どんな思いで「支払いをしたい」と言ったのかと思うと、私は胸がはりさけそうで、涙をこらえた。帰りの車中は静かだった。子ども達は疲れ、私達は、それぞれの思いにふけりながら、疲れたふりをしていた。

六　バーソードの日々

前日買ってきた米は最悪だった。おまけに料理が得意でない私の腕も最悪なのだ。朝五時に起きて、弁当を作る予定だったが、米のせいにして、作らないことにした。

七時半、家族一緒に出発した。子ども達二人をボルダーの学校で降ろしてデンバーの病院へ行く。ジュディーの具合は相当悪く、その日（二十四日）より四日間化学療法をやり、八週目に移植をする予定。しかし、成功率は五パーセントとのこと、その無慈悲さに涙があふれてくる。

それでもジュディーは明るくOKと言った。

「質問はありませんか」と言うドクターに、私は、ただただ「治してください。治してください」と繰り返すだけで、あとは言葉にならない。せめて私の年まで、いや五十歳まで……と思う。

彼女の点滴が始まると息子と二人で、近くの和食のレストランに向かった。久しぶりの日本食なのに涙がこみ上げて喉を通らない。

「ジュディーは平常が好きだから、いつものようにしていてね……」

と伸二が言った。

レストラン横のスーパー「さくら」の店員さんは、年配の日本人で、日本語に飢えた私は、思わず笑顔になった。米のアドバイスをしてもらって、「コシヒカリ」を買った。彼女は「生花を教えているが、それでは生活できないから、ここでアルバイトをしています。お二人は姉弟ですか。どちらが上?」と聞かれて、「親子よ」と言いながら、久しぶりに大笑いした。


四月二十五日、前夜は、ひどい風だった。粉雪がチラチラしてると思ったら、朝には、山はもちろん屋根も草原も、ピンクの花をつけた木々も真っ白で、とてもとても美しい。四月下旬のこの雪、さすがロッキー山脈のふもとだ。

時差で眠れない夜は、持ってきた本がどんどん進む。アメリカで司馬遼太郎の『峠』を読み、ときどき清元(「玉兎」)のテープを聴く……。なんとおもしろい落差だろうと、一人ニヤニヤした。

朝早く、まだベッドの中でぐずぐずしていると、「ホーホケキョ」とうぐいすの鳴き声がした。「エッ!!　日本……？」と日本語に飢えていた私は、寝ぼけながら「鳥は頭がいいんだ。日本語で鳴くんだもの……」と、バカみたいに感心し、一人クスクスと笑った。

少し様子のおかしい私に、息子が日本へのFAXの送り方を教えてくれた。

早速、郊外の家にいるりんちゃん（長男の娘）に、『峠』の続きと、料理の本を送るように頼んだ。そして、ふる里の友人、静子さんへメールの交信を始めることにし、明るい気持ちになった。


朝早く、五時に起きて張り切って弁当を作る。ウインナー、玉子焼き、キュウリ、おにぎり……と、色どり良くできあがった。

七時半、五人で家を出る。子ども達二人を学校で降ろし、今朝は元気なジュディーと三人で病院に行き、前日と同じように四時間の点滴。帰りは元気だった彼女が、途中から具合悪くなって元気がない。

学校から帰ってきた子ども達の弁当は、ずっしりと重たく、少し減っているだけで、私はどっと疲れが出て腹立たしくなった。もう弁当は作りたくないと、つくづく思った。

四月二十六日。私は留守番。午後二時頃に病院から帰ってきたジュディーだったが、夕方熱が九度あり入院することになった。もちろん伸二も泊り込みである。

夕食は、気合いを入れてトンカツを作った。とても良くできたのに、子ども達はあまり食べないし、家庭教師のエイプルも残した。もう料理は作りたくない。

四月二十八日。学校帰りの子ども達をピックアップして病院に行く。ジュディーはだるそうだけれど、元気で、家にいる時より、綺麗でゆったりしている。病院で昼食を食べ、ジュディーを病院にのこして、伸二も一緒に帰途についた。途中肉を買って、夜はステーキにした。伸二は久しぶりの家と御飯で、ホッとした様子である。

四月二十九日。土曜日なので、十一時にみんなで病院に行く。

その途中、デンバーとボルダーの中間にある大きなモールでランチ（チキン照り焼）をすませた。その後マイクは散髪をし、エバは熊の縫いぐるみを買った。

私はシャンプーとリンスを買った。買いたい物は、いっぱいあるが、今はその気にならない。ショッピング好きの私が、このままだと、さぞかしお金持ちになることだろうと思った。ああ、心置きなく買い物ができる日はいつだろう……。

病院のジュディーは、日ごとに弱っていく気がする。すっかり涙もろくなったジュディーはあまり私を見ようとしない。

朝、礼子さん（長男の嫁）から私へのバースデーカードが来た。一緒にジュディーへの見舞のカードも来ていたので渡すと、涙をあふれさせて「礼子によろしく」と言った。今日までケモセラピー（化学療法）で、一週間休んで、また始まるとのこと。

今が一番つらい時だ。彼女の腕は弾力がなく、いかにも力がない。

彼女の目が、私を避けているのをあらためて感じる。伸二は病院泊まりで、私達はジュディーの父親ジョンの運転で帰路についた。みんな疲れて車の中で眠ってしまった。夕食はチャーハンを作ったが、誰も食べない。ジョンがホットドッグを作ってくれた。

四月三十日。右隣りの、マイクの友達ベン（八歳）が遊びに来た。

ベンを見ていると、少女の頃の美術室を思い出した。彼はアポロのように美男子ではないが、よくデッサンをしたアグリッパに似ている。金髪の巻毛にグレーの瞳、肉厚の鼻や唇……。どっしりした首と体。ベンは、焼きたてのパンとクッキーを持ってきてくれた。

今日は日曜日。ジョンが近くのモールの映画館へ子ども達を連れていき、私は思う存分にショッピングをし、ストレス解消をした。夜は、マイクのリクエストで、ご飯と味噌汁、そして本を見て作ったキュウリの豚肉巻き。おいしいと思ったけど、子ども達は全然食べない。エバは醤油かけご飯。

またまた私は心の中で誓った。もう絶対料理は作らないと……。あたり前だけど、テレビも、ラジオも、すべて英語。日本語が恋しい。「清元」のテープを聴きながら、むなしくなる。ふる里の親友静子さんにFAXを送る。

五月一日　静子様（FAX）

今日は、学校へも病院にも行かず、私一人です。テレビでは、日本でいつも見ているアメリカの「ER緊急救命室」というドラマをやっているけど、もちろん、英語。でも音って大事だと、このところ感じています。耳の聞えない人、独房のマリー・アントワネットも辛かっただろうと思います。

今日は、とても、いいお天気で、ロッキー山脈からの爽やかな風がいい気持ちです。午前中クリーンガール（掃除の人）が来たので、屋敷の周りを歩いてきました。

伸二の前の家は小さくてもランチ（牧場）でしたから、カートでまわったけど、今度はらくらく歩けます。

料理は相変わらず不評。子ども達は、ちっとも食べてくれません。本と首っ引きで作ってみるけど、ゴミ箱行きがほとんどです。大体、食材が悪いし、あきらめて私の方がこちらの食事に慣れてしまいました。私の料理を喜んでくれるのは息子だけです。

彌壽子《やすこ》

二日ぶりに伸二が、病院より帰ってきた。

七　七十四歳のバースデー

日本は五月三日、私の七十四歳の誕生日である。

まさか外国で、それもこんな淋しい状態のバースデーを迎えるなんて……。それでも前日、四男から誕生日のＦＡＸが届いた。長男の嫁、礼子さんから美しいバースデーカードも届いていた。

「お母さん　お誕生日おめでとうございます。海外でのお誕生日はいかがですか？　お母さんが日本にいないのは寂しいけれど、お母さんの元気印のパワーでジュディーを勇気づけてあげてください。お母さんの人生を振り返ると、私が知ってる二十三年間だけでも、本当にいろいろなことがありましたよね。でもお母さんは常に美しく明るく、周囲を元気にするオーラをビンビン発していますよね。本当にすごいと思います。今は何よりもジュディーのことが第一なので、お母さんも大変でしょうけど、頑張ってください。私達は毎日、ジュディーが治ることだけを信じて、神様やご先祖様にお祈りしてます。二〇〇六年（平成十八年）五月三日が素敵な日となりますように……礼子より」

私は彼女達の優しさに、カードを抱きしめた。そして、人生いろいろだと、あらためて過ぎこしかたに思いを馳せた。

日本の孫達から「おめでとう!!」と電話も来た。

翌日、この日はアメリカでのバースデー、二日続けて、日本とアメリカとで誕生日を迎えるなんて、なんと不思議で素敵な人生だろうと思うことにした。

誰も気がつかないアメリカでのバースデーの夕食は、手巻寿司ならぬ手巻ご飯と、シチュー、とりの唐揚げ……何とも貧《ひん》そうな食事だが、仕方ない。

息子の伸二は病院に泊まりこみだから、自分だけの、ひそかなご馳走のつもりだった。

マイクが「味噌スープは？」と言い、エバは「ライスは？」と言う。私は不満の塊となって、「もうぜったい料理はしない」と、またまた心に誓った。

夕食後、思いがけなくマイクとエバが、バースデーソングを歌いだした。そして奥の部屋から、四本のローソクが立った大きなケーキを、ラグビー選手のような大きな体のジョンがしずしずと厳かに運んできた。

「グランマーおめでとう!!」

子ども達が口を揃えて言うと、私は感激して涙が出そうになった。

マイクからはバースデーカードと粘土で作った怪物の人形、エバからは、これも手作りのビー玉をモールで巻いた指輪と小犬の縫いぐるみをもらって幸せだった。病院の伸二とジュディーからも電話が来た。

「お誕生日おめでとう!!」

私が「七十四歳になったのよ」と言うと、伸二が「七十五歳じゃないの」と言った。

「エッ!!」

「だって、日本とアメリカと二回バースデーをやったから七十五歳かもよ」

と言って大笑いになり、私の不満の塊はふっとんだ。

ささやかでも幸せな七十四歳のバースデーだった。

五月五日　静子様（ＦＡＸ）

待ちに待った貴女の文字、とてもとてもうれしいです。

朝、病院に行く前に着きました。すぐ返事ができず、ごめんね。今日はジュディーの検査の結果が出る日でしたので、とても心配でした。

夜中二時頃ベルが鳴り、ジュディーに異変かと、びっくりして電話に出ると、日本からでした。お友達の井ノ上さんがのどかな声で、「御飯でも食べに行きましょう。いかがですか？」というお誘いでした。「行きたいけど私、今アメリカです」と事情を話しました。

最悪のことを考えながら寝ていたので、東京での生活が夢のようでした。

いつものように朝、子ども達を学校に降ろすと、先生や父兄、子ども達が大きな画用紙に寄せ書きをしてくれていました。みんなの優しさに感激しながら病院に向かい

郵便はがき

料金受取人払郵便

新宿局承認

3971

差出有効期間
2022年7月
31日まで
（切手不要）

1 6 0-8 7 9 1

1 4 1

東京都新宿区新宿1－10－1

（株）文芸社

愛読者カード係 行

ふりがな お名前		明治　大正 昭和　平成　　年生　　歳	
ふりがな ご住所	□□□-□□□□		性別 男・女
お電話 番　号	（書籍ご注文の際に必要です）	ご職業	
E-mail			
ご購読雑誌（複数可）		ご購読新聞 新聞	
最近読んでおもしろかった本や今後、とりあげてほしいテーマをお教えください。			
ご自分の研究成果や経験、お考え等を出版してみたいというお気持ちはありますか。 ある　　ない　　内容・テーマ（　　　　）			
現在完成した作品をお持ちですか。 ある　　ない　　ジャンル・原稿量（　　　　）			

書　名			
お買上 書　店	都道　　　　市区 府県　　　　郡	書店名	書店
		ご購入日	年　　月　　日

本書をどこでお知りになりましたか?
1.書店店頭　2.知人にすすめられて　3.インターネット(サイト名　　　　)
4.DMハガキ　5.広告、記事を見て(新聞、雑誌名　　　　)

上の質問に関連して、ご購入の決め手となったのは?
1.タイトル　2.著者　3.内容　4.カバーデザイン　5.帯
その他ご自由にお書きください。
(　　　　)

本書についてのご意見、ご感想をお聞かせください。
①内容について

②カバー、タイトル、帯について

弊社Webサイトからもご意見、ご感想をお寄せいただけます。

ご協力ありがとうございました。
※お寄せいただいたご意見、ご感想は新聞広告等で匿名にて使わせていただくことがあります。
※お客様の個人情報は、小社からの連絡のみに使用します。社外に提供することは一切ありません。

■書籍のご注文は、お近くの書店または、ブックサービス(0120-29-9625)、セブンネットショッピング(http://7net.omni7.jp/)にお申し込み下さい。

ました。

病院では、伸二も私も、覚悟してドクターを待ちました。ジュディーは思ったより元気な様子でした。まずリハビリの先生が来て、手足の運動をさせ、次に心のケアの人が来て、いろいろお話をし……。それでもドクター・マリスは、なかなか来ません。なにしろケモセラピー（化学療法）の成功確率が二〇～三〇パーセントと言われていたので、息苦しいくらいの時間でした。すると、誠実そのもののようなドクター・マリスが現われて、「ＯＫです」と言われた時は、万歳と言って、喜び合いました。これで一つクリアしたのです。まだあと二つ残っています……。けれど、「とりあえず、一つずつ乗りこえなきゃあね」とみんな明るい気持ちでした。

今朝の貴女のＦＡＸが良かったのね。日本から強力なパワーが来たのかもしれないと思いました。

昨夜は、牧師さんが来られて、息子とジュディーの三人でお祈りをしたそうです。優しい瞳のドクター・マリスが帰られると、背の高い、その牧師さんが来て一緒に喜んでくださり、みんなで手をつないでお祈りをしたそうです。やはり日本とは、ずいぶん違いますね。日本だと、お坊さんが来て、説話を行ったり、お経を唱えたりすると、どうなんでしょうね。心のやすらぎや、希望をもらうことができるのかナーと思い、宗教による考え方の違いをつくづく考えました。でも、とてもいいシステムだと思いました。

日本から送ってもらった『峠』の下巻は、することがないので、すぐに読んでしまいました。胸が痛くなり、私も泣きながら読みました。やはり河井継之助は見事ですね。

ここは空気が澄みきって美しいお月様が見られます。同じ月を見ても、置かれた環境や場所によって「コロラドの月」だったり、「荒城の月」だったりするんですものね。不思議な気持ちです。

明日は伸二の誕生日。一番ビッグなプレゼントをドクター・マリスからもらって、みんな幸せです。次の本を楽しみにしています。

彌壽子

五月六日は伸二の誕生日。礼子さんから伸二にＦＡＸが来た。

シンちゃん、お誕生日おめでとう。四十代ラストだね。お互い……。来年は五十歳だなんて何か実感ないなあ～。今日、お母さんから連絡がありました。ジュディーのこと、よかったね。本当によかったね。ジュディーに、よく頑張ったねってお伝えください。まだまだ大変だろうけど、きっと、絶対、大丈夫だよ!! 絶対！

毎日ジュディーのこと、神様やご先祖様、お父さんにお祈りしています。だから、きっと守ってくださると思います。それでは今年が幸せな年となりますように……。二日違いの姉のよしみで、何でも相談に乗ります。ぐちも聞きますからね。

礼子

五月七日　静子様（ＦＡＸ）

ジュディーが風邪を引いているので病院に行けず、二日家に泊まった伸二は病院に帰りました。

私と子ども達は留守番。私は本を見ながら肉ダンゴに挑戦しました。「一つでもいいから食べなさい」と言って、二つずつ食べさせました。「おいしい？」と聞くと、

「ソウソウ（まあまあ）」と、小さな手をヒラヒラさせて言い、がっかりした私の顔を見て「ゴメンナサイ」と、すまなさそうに言いました。私は吹き出してしまいました。食べて見ると、ケチャップでだまされるけど、固くて、本当にソウソウでした。

連日、本当に爽やかな天気です。病院から帰ってきた伸二と、マイクは芝刈機の轟音を響かせながら、一万坪の庭を走り回っています。私は荒れはてた花壇の手入れに挑んでいると、クローバーの茂みの中のテントウ虫を捕まえたエバが、入れ物欲しさに家の中に入る所でした。彼女は手まねで、私にも一緒に家に入ってと言うのです。私は、やり始めた仕事があるので、グズグズしていると、突然、七歳の童女が威厳をもって「オイデ!!」と言いました。七十四歳の老女は、びっくりして「ハイ」と答えて、七歳の後に従いました。六十七歳の年の差を考えながら、一人込み上げてくる笑いと、喜びをかみしめました。しばしジュディーの病気のことを忘れたひとときでした。

彌壽子

五月十日（水）。

朝、起きてみると、山の麓まで真っ白で、びっくりした。きのうは、その気配もなかったのに一夜の出来事で、ベランダのテーブルも、うっすらと白いものに覆われていた。

九州で育った私には、五月の雪なんてまた格別である。ロッキー山脈は、いつものように真っ白な連峰が連なっているが、一時間ほどで、麓の雪はウソのように消え、いつもの山肌が現れてきた。

今日のディナーはジョンが作ったタコス。私も作り方を習う。子ども達は大喜びで、お隣のベンは二個も食べた。それにしても、いとも簡単。いかに日本料理は手が込んでいることか……と、つくづく思った。

五月十三日　静子様（ＦＡＸ）

今日は家の反対側の道を歩いてみました。小高い丘の上の我が家が、とてもきれいでした。そして、故郷の貴女の二階の天守閣のような部屋から見た桜の風景を思い出しました。

午後二時頃、ジュディーが一時退院で帰ってきました。子ども達が飛びついていき、親子の久しぶりのスキンシップでしたが、風邪の治りきらないマイクは敬遠され気味で、ベソをかいて可愛想でした。

焼肉はOK。本と首っ引きで作った「エビチリ」は不評でした。伸二だけが、「おいしいよ！」と言って食べてくれました。少しエビが大きすぎたのと、片栗粉が多すぎたと反省しました。でも、日本に帰ったら、もう絶対、料理はしない。あと十日くらいの辛抱と、自分を慰めて明るくしています。

ジュディーの二回目の移植は六月二十六日と決まりました。

ああ神様!!　と天を仰ぐ思いです。

彌壽子

八　最後のショッピング

もう、それはジュディーの余命がいくばくもない状態の時だった。まだ動きまわることのできる彼女は、子ども達をホテルのプールに連れて行きたいと言い出した。その頃、無理でも不可能でも、我が家は、ジュディーの希望通りに動いた。彼女の細《ささ》やかな細《ささ》やかな願いだったから……。

助手席に座ったジュディーの頭に伸二がスカーフをかぶせてやった。多すぎるほどだった黒髪は今、一本もなくなり、スカーフは、ツルリと床に落ちた。目のふちがピンク色になり、影をおとすほどに長かった睫毛の抜けた彼女が、痛々しくて、私は気がつかぬふりをして窓の外を眺めた。

何一つ変わりない、いつものお出かけ風景なのに……。私の胸はヒリヒリと痛んだ。

親子四人と私は、ホテルのプールに向かった。私はショッピングがしたくて、途中の大きなモールに降ろしてもらい、ここで待つことにした。近々日本に帰る予定の私はカードや、どうしても買いたいものがあった。それはモスグリーンのリボンをしめた白い羊の縫いぐるみと象牙の柄のついたナイフである。朝早いので、縫いぐるみの店は、まだ開いていなかった。それでも私は、その店の前のベンチで、店の開くのを待った。熊の縫いぐるみは多いけど、羊の縫いぐるみは、あまり見たことがない。それにあのモスグリーンのリボンがいい……と、私はたわいのないことにこだわった。頼りなさそうな羊が、何かいいことを運んで来る気がしたのだ。ナイフは、アメリカの開拓時代を彷彿させる物だった。

買い物がすむと、私はモールの入口の木陰で、日本から持ってきた本を読みながら、彼らを待つことにした。本は司馬遼太郎の『峠』……。息子以外、一人も日本人のいないここでは、『峠』が唯一の慰めであった。私は大きな大きなショッピングモールの入口の一本の木の下の芝生の上で『峠』の河井継之助に没頭した。そして本の向こうの日本に思いを馳せた。日本を離れて、わずか一ヵ月くらいなのに、無性に日本が恋しかった……。

「グランマー!!」

顔を上げると、親子四人が車を降りてきた。

「木の下で読書してるお母さん、とても素敵!! 絵のようよ」

とジュディーが明るく言った。

そして、彼女も買い物がしたいと言って、子ども服の店に行った。大きな手押し車に、次々と二人の子ども服を投げ入れる彼女の頭のスカーフは、もう、ずり落ちてしまっていた。二人の子ども達は、そこいらを走り回り、彼女は無心に子ども服をカートに投げ入れた。息子は黙って、そのカートを押して彼女の後に従った。

彼女は、もう自分の死期を知っていた。自分の死後の子ども達の服を撰ぶ彼女と、だまってカートを押して、ついて歩く息子とを見ていると、私は涙があふれ、何にも見えなくなっていた。どんな気持ちで、残して行く二人の幼子の服を撰んでいるのだろうと思うと、哀れで、キリキリと胸が痛んだ。子どもの服は、着れそうもない小さな服など、彼女は、ただ無心に子ども服をカートに放り込んで、服の間を歩いた。私はキラキラと光る美しい手芸用のビーズの紐を、何本も何本も手に取りながら、こみ上げる嗚咽を飲み込んだ。

ああ、神様、仏様、助けてください。私の命を削ってください……。助けて助けてと、すべてのものに祈った。

五月十五日、ジュディーと伸二はデンバーの病院に検査に行った。

何事もなく帰ってくることを祈る。

昨日ジュディーが、

「何もかもうまくいったら、来年、郊外の家に行きたい。私の大事な夢なの」

と言った。ああ神様!!　何としても叶えてあげたい……と胸がつまる思い。

病院の帰りに買ってきたカニ料理、とてもおいしかった。彼女の二回目の骨髄移植は、六月十九日に決まった。夕方ジュディーは元気がなく心配だ。

私も疲れてきた。日本へ帰りたい!!

五月十六日、子ども達は元気に学校へ行く。ジュディーは薬を飲みながら「元気になりたい!!」と、しみじみ言う。鼻血が少し出て心配だ。肉ジャガと、魚のフライと煮込うどんを作った。

五月十七日、以前、夜眠れない時、コーラにウイスキーを入れて飲んだら、良く眠れた話をジュディーとしたことがあった。

病院から帰ってきたジュディーが「お母さん、おみやげ」と言って、ウイスキーを一本買ってきてくれた。その頃彼女は、点滴をリュックに入れて、いつも背負っていた。モデルだった彼女のその姿が痛々しく、私は気づかないふりをして、「ありがとう」と明るく言った。

五月十八日　静子様（ＦＡＸ）

私の帰国は五月二十四日に決まりました。

人間って、おかしなもので、日程が決まると帰るのが惜しい気がします。この爽やかな空気も、ロッキー山脈から流れてくる、おいしい水まで懐かしいのです。

午後から夕方にかけて、小型のベージュ色の野兎が数匹、どこからか出てきて、庭の草を食べているのを見ました。コヨーテもいるんですって。日本の果物を食べたいです。

六月十九日のジュディーの移植の後が大変みたいで、その結果次第で伸二は、七月十七日頃、子どもを連れて日本に帰る……ということになりました。ちょうど夏休みだから、ベビーシッターの大学生の女の子も一緒だからたぶん楽だと思います。彼女の食事の心配をしていると、「お母ちゃん、ほとんど外食にするよ。お母ちゃんの作った料理がすべて、日本食だと誤解されると困るから」ですって!! ずいぶん失礼だと思わない……。笑っちゃいます。

あと六日。悔いのないように過ごします。

彌壽子

九　泣くジュディー

五月十八日、お昼すぎにジュディーと、伸二とジョンの三人が、何か楽しそうに話していた。英語だから、私には、さっぱりわからない。私は自分の部屋へ引き揚げた。するとと突然、彼女が、すすり泣きながら、セッセッと何か訴えている声が聞こえてきた。そしてジョンと伸二の呆然とした様子が私の部屋に伝わってきて、私は、身動きができなくなった。ぐずるような切ない泣き声に二人は、なすすべもなく、彼女の背をさすりながら聞いている。たぶん、「どうして私が死なねばならないのか……」と言っていたのだと思う。それは、明るい太陽のような彼女が、決して見せなかった一面だった。この日以来、彼女はよく泣くようになった。

ある日、うっすらと雪に覆われたロッキー山脈を見ながら、私は息子と話をしていた。春なのに風はひやりと冷たかった。

「ジュディーが、つらいと泣くのがこたえる!!　泣き声、聞こえてる?」

「聞こえてるわよ。私は部屋で身動きもできず、全身耳になってるよ」と言った。

そして、帰る予定の近い私に、「あと三日だね」と息子が呟いた。

日本は、梅雨みたいにジメジメしているとのこと。バーソードは今が一番いい気候だ。

五月二十日、夕食は、ベランダでバーベキューとハンバーガー。デザートはすいか。夕方の風に吹かれ、うっすらと雪に覆われたロッキー山脈を眺めながら、気持ちのいい夕食だった。

次の日、めずらしくエバが部屋を片づけていると思ったら、セールだそうで、机の上にいろいろガラクタが並べてあった。私は本のシオリを九セント、書類入れを七ドルで買った。日本の子ども達は、あまりセールなど、しないと思いながら、所変われば……と、ガラクタを眺めながら、笑いがこみ上げた。

五月二十二日、カレーを十六人分作った。小わけして冷凍する。

伸二達は病院に行き、私は一人で荷物の整理をする。

夕食は肉ジャガを作った。とても上出来だと思ったが、子ども達は家庭教師のエイプルが作ったホットドッグで満足したようだ。

病院の伸二から電話があり、再検査をすることになり、結果は二日後とのこと。安心して帰れることを祈っていたのにガッカリした。

けれど明日の今頃は、デンバーの空港だ。

十　アメリカより

五月二十三日　静子様（ＦＡＸ）

明日の早朝、バーソードの家を出発します。

長いようで短い、アメリカ滞在でした。何の結果も出ない帰国で、なんとなく釈然としないものがありますが、私なりに得るところが多々ありました。もう二度と来ないかもしれないし、すぐ来るかもしれないという、うたかたの人生ですが、貴女とのＦＡＸが飛び交ったのは本当に良かったです。

二十五日の夕方は日本です。いろいろと本当にありがとうございました。もっといても良かったのですが、正直なところ、このままで、役に立っているのだろうか……とふと思ったのです。

今は、とりとめもなく貴女と話をしたいと思っています。ロッキーの風は、ヒヤヒヤと気持ちいいです。今朝のコロラドの月は、上弦の月でした。鋭いかげりです。

彌壽子

十一　日本より（ジュディー没）

五月三十一日　伸二へ（ＦＡＸ）

ジュディーの具合はいかがですか？　遠く離れているので、とても心配です。

田中先生からお中元が来ました。植木屋さんから請求書が来ました。

ここも今、みどりが美しいです。あまり役にたたなかったけど、いつでも来て欲しい時は言ってください。飛んで行きます。今度は持っていく食材もわかったし、少しはましな料理ができると思います。子ども達によろしく!!

貴方も、お体を大切にしてね。

母

六月二日　伸二へ（ＦＡＸ）

お元気ですか？　ジュディーの具合はいかがですか。入院したのかナーと思ったりしています。電話でいいから様子を教えてください。貴方が、何を食べているか心配です。

庭は、とてもきれいにしていますから安心してください。地下室の水の工事も終わりました。プールも、ダスキンが入りました。ジュディーや、子ども達の様子を教えてください。くれぐれもお体に気をつけてくださいね。

母

六月二十四日、伸二より電話がある。ジュディーのガンが増えて、移植を断念!!　家にて死を待つ……とのこと。あまりのむごさに息をのむ。

六月二十九日、自宅のジュディーに電話する。なんとなく、もうろうとしている。電話を代わった伸二が、呟くように言った。

「あと十日くらい……。この間、ジュディーの希望でお別れの会をしたよ」

「エッ!!　お別れの会？　何なのそれ」

「学校の先生や、お友達に来てもらい、リビングルームで最後のお別れ会をした。たくさん集まってくれて、ジュディーは一人一人にお礼を言い、ベッドに引きあげた……」

伸二は沼から涌くような声で、ボソボソと言った。ああ、なんということだろう……。

七月四日、ジュディーへ（ＦＡＸ）

昨日、花の苗を買いに行きました。いっぱい、いっぱい買ってきました。そして朝から植込みました。玄関のポーチは、とても美しく華やかになりました。

貴女が帰ってくる時、きれいに咲いていると思います。貴女の家だから、元気に帰ってきてね。それから、もしアメリカに来て欲しい時は、いつでも言ってね。すぐ行きます。

貴女の母より

私は、すべてに対して勉強不足だし無知だったと、今更ながら思う。馬鹿としか言いようのない楽天家だった。もう少し好転すると信じていたのに……。彼女が、こんなに早く死の淵をさ迷っていたとは考えもしなかった。

二〇〇六年（平成十八年）七月十日、ジュディー四十三歳没。発病（急性白血病）より一年五カ月という早さだった。あの美しさで、あの明るさで、あの聡明さで、彼女は精いっぱい、見事に生きた。でも……二人の最愛の幼子を残しての無念の旅立ちだった。

十二　天国のジュディーへ

ジュディー、ジュディー、私は今、咲きほこるビオラの中に立っています。貴女が、いつ帰ってもいいようにと植えたビオラの中です。

思い返せば貴女は、我が家のシンボルであり、誇りであり、大事な大事な娘でした。

貴女がこの世にいなくなるなんて想像もできません。貴女は、本当にたくさんの楽しいことを教えてくれました。貴女のおかげで、私達は未知の世界を覗くことも、体験することもできました。

貴女の美しくも輝くばかりの存在は、私達ファミリーだけでなく、周囲の人達をも幸せにしてくれました。

ジュディー、いっぱい話したいことがあるのに、何も書けません。貴女をしっかり抱きしめてあげたかったのに……。

この世に貴女の母親は私一人だったのに、何もしてあげられなくてごめんね。貴女のおかげで、亡くなったお父さんも、どんなに幸せだったことか……。

ジュディー本当にありがとう。たぶん、お父さんが、天国の入口で、大きく手を広げて待っていると思います。貴女の大好きな郊外の家は、貴女がいつ帰ってもいいように、きれいにしています。花の苗をいっぱい買って、いっぱい、いっぱい植えています。

いつでも来てください。ジュディー、本当にありがとう。貴女をいつまでもいつまでも愛しています。

貴女の母より

亡き妻の　笑い声にぞ
似てきたる　少年をいだく
若き父親

夕暮れの庭にて

十三　ヒロさんの手紙

彌壽子ママ、朝ごはん食べましたか。眠れましたか。

彌壽子ママの落胆ぶりは手に取るようにわかります。大きな包容力でジュディーを、やさしく包んでましたものね。ジュディーは本当に幸せな人でした。短い、若い人生でしたが、伸二さん、ママ、二人の天才ちゃんに囲まれ、一般の人が百歳くらい生きたのと同じくらい凝縮した幸せな生活を過ごしたことと思います。

今は何を言っても、何を見ても、すべて涙の種……。

ママ、ジュディーの思いを成就させるためにも、伸二さんの力になれるのは今、ママしかいません。伸二さんのため、孫のため、お体に十分気をつけてください。近々おうかがいし、霊前で亡きジュディーを偲びたいと思います。

ヒロ

私はヒロさんの手紙を握りしめ、彼女の優しさに涙した。

十四　木の小箱（成田空港にて）

七月十八日、すっかり白髪が目立つようになった息子が、それでも強い決心を漲らせ、二人の幼子を連れてアメリカから帰ってきた。

マイク八歳、エバ六歳の夏であった。

母親を白血病で亡くした子ども達は、大きなリュックを背負い、父親の両手にすがりついていた。私は、日本語もたどたどしい、小さな二人を抱きしめて熱いものをこらえた。

二人は、

「グランマー、こんにちは!!」

と可愛く挨拶をして、私を見上げた。その円らな瞳は、じっと私を見つめていた。

二人は、それぞれに、赤く塗った小さな木の箱を抱えていた。

ああ、あの箱だ!!

高さ十三センチに十センチ四方くらいの手作りのその木箱は、いつもジュディーの寝室の枕元に置いてあった。二つの箱には、それぞれマイクとエバの名前が書いてあり、余命を知っていた彼女が子ども達に言っておきたいことを、小さな紙に書いて、その時々に入れていたものである。

それは、我が子に呼びかける名前かもしれないし、「おはよう」の朝の挨拶かもしれない……具合のいい時々の彼女の遺言でもあった。英語で書かれていて当時の私にはわからなかったが四つに折った小さな紙切れが、ビッシリとつまっているのを私は知っている。まぎれもない彼らの母親からの大切な宝物である。私は、気づかぬふりをして、また二人を抱きしめた。

十五　七十四歳子育て奮闘中

こうして、私の子育て、いや孫育てが始まった。

私は四人の息子を持っているのに、一回も弁当を作った記憶もなく、料理もできないのほほんとした人生を過ごしてきた。今度は、アメリカで何回か作った下手な料理のような訳にはいかないのである。これから、どうやってこの子達を育てたらいいのだろう……

と、途方にくれる思いであった。

私は、息子に八十歳定年を宣言し、夢のある自由な七十代に別れを告げた。

まず、第一の難関は、アメリカで経験ずみの弁当作りである。朝五時起床、台所に立っても、何をどうすればいいのかわからない。いっぱい買い込んだ料理の本を見ながら途方にくれた。こんな早朝に、台所にいる私を想像できる人がいるだろうかと、涙がこぼれた。


しかし、三年もすれば私はいっぱしの主婦である。弁当のメニューも決まってくると簡単で、サンドウィッチ、おにぎり、マネーと具合良く繰り返して乗り切った。

ある時、ホテルでの会食に出席したことがあった。もちろん、二人の子連れである。丸いテーブルに着くと、可愛いハーフの二人に、周りの人達が優しく声をかけてくれた。

「何が好き？」

「ソルトライスと、エッグライス!!」

と、二人は可愛く声を張り上げた。

「グランマーはエッグライスが上手よ」

とエバが得意そうに言うと、

「エッ!! エッグライスって、どんなの?」

と、みんなは興味津々、期待の眼差しで私を見つめた。私は身の縮む思いで、「どうしよう……エイ!! 仕方ない」と覚悟して、

「玉子ご飯よ。つまり生玉子にお醬油をかけて……」

と説明した。こんなに料理を知らない私が、一生懸命に作る料理は、なかなか二人の口に合わず、返ってきた重い弁当箱を開けて涙することが、しばしばだった。

しかし二人は、食事の後必ず「グランマー作ってくれてありがとう」と言う。そして私は「食べてくれてありがとう」と言うのである。

彼らは、確実に成長した。タクシーで通っていた学校も、歩いて通学するようになった。それも、はじめは私の後ろしか歩かなかったのに、今は私の前を楽しそうに、おしゃべりしながら歩く。そしてついに、

「二人で行くから、グランマー来なくていいよ」

と言うまでになった。全く失礼なことだが、ホッとしたのも事実だった。

マイクは私を越す背丈になった。美しくも優しい少年と少女になった二人は今、私の前

を歩く。そしてときどき、「大丈夫、グランマー？」と足を止める。

　ときどき私達は、実に些細なことで喧嘩をする。

「どうするのよ。そんなに真剣に喧嘩して、相手は孫だよ」

と、息子はあきれて言う。でも私は情けなくて、世の不条理を嘆くのである。喧嘩の最中マイクが言う。

「グランマー、喧嘩してる時も、グランマーが大好きだからね。忘れないで」……と。そして私の矛先は折れてしまう。

「エバ、ごめんね」

　と言うと、

「いえいえ、どういたしまして、こちらこそ」と言うので、つい吹き出してしまう。

　私の誕生日にエバからもらった手作りの大きなカードには、

『グランマー大好き、いつもいてくれてありがとう。何があっても大好き!!』

と、大きなハートの中に書いてあった。私は、こみ上げるものを堪えながら、

「ジュディー、子ども達は、貴女みたいに美しく優しく育ってるから大丈夫よ」

と、心の中でつぶやいた。

神様は平等である。若い時、ろくすっぽ子育てをしなかった私は今、人生の終盤で子育て奮闘中である。人間、一生のうち、やるべきことは順序が違っても、やるようになっているのだろう。

彼らは確実に成長し、私の前を歩く。そして「グランマー大丈夫?」と、振り返る。私の料理の腕も上がったと思う。がんばれ彌壽子……と、私は自分自身を励ましながら満ちたりた気持ちで、必要とされる位置にいる幸せを噛み締めた。

ありがとう伸二、マイク、エバ、そして天国のジュディー。グランマーは元気で幸せよ!!

十六　過ぎこし日々

強敵たこ焼

親子三人、グランマー一人……。母親のいない生活は大変だけど、慣れてくると、これも満更でもない。それなりの月日が流れるものである。

土曜日の夕方、伸二の仕事が終わると、平日を過ごしている都内のマンションから郊外の家への一家四人、民族の大移動が始まる。週末のこの行事は、いつの間にか、侵すことのできない我が家の決まりとなった。途中、観たい映画があると映画を観、食事をして郊外の家へ向かう。

その日も後部座席の子ども達は、いつものようにビートルズを合唱し、私達は心地良くそれに聞き入った。しばらくすると、話題は今夜の夕食のことになった。何を食べるか……。これは重大なことである。マイクは、お気に入りのレストランで、いつものステーキ、エバは、いつものイタリア料理店でライスコロッケと意見が分かれた。二人共一歩もゆずらず、延々と論戦が繰り広げられた。とうとうエバは、大粒の涙を流しながら、早口で、まくし立てた。夕食のメニューを決めるのに、涙を浮かべ、セツセツと訴えるなんて、私には到底理解できない。もちろん、英語での喧嘩だから、私にはさっぱりわからないのである。

トンカツを食べたかった息子は、ついに切れてしまった。私は作らなくていいから、何でも良かった。父親の一喝で、不承不承、父親の食べたいトンカツに行くことになり一件落着した。おとなしくなった二人を慰めるように私は優しく言った。

「マイク帰り（日曜日）は、ステーキにしようね。エバ、ライスコロッケなんて簡単よ。グランマーが作ってあげる。おにぎりの中にチーズを入れて油で揚げるだけだもの。楽勝よ!!」

と言うと、車内は一瞬、シンと静まりかえった。

「いいよ、いいよ。グランマーは作らなくていいよ」

と恐ろしげに三人は言った。息子にいたっては、

「お母ちゃん、新しい物は作らなくていいよ。食べる時に用心してしまう」

と失礼なことを言った。私は大いにプライドを傷つけられ不機嫌に黙りこんだ。すると

エバが、
「でも、いつも作ってくれてありがとう。アイラブユー!!　グランマー」
とやさしく言ってくれた。

私は少し機嫌を直しながら、それでも一体、私の料理のレパートリーは、幾つあるのだろうと思いめぐらせた。まず味噌汁、これは自信がある。ステーキ、焼くだけである。フライ、揚げるだけ、そしてお好み焼に、カレーライス。ハンバーグは石のようになるので作らないことにしている。考えると全く変わりばえのしない食生活である。

ある時、可愛いお隣さんが、「タコ焼を作りました」とアツアツのを持ってきてくれた。大喜びのエバに「一つ頂戴!!」と言うと、「ダメ!!　タコ焼と西瓜は、私の命だから」と、突拍子もないことを言った。

無限の素晴しい未来も、つらいことも、まだ何にも知らない彼女の何とも安っぽい人生観に、私は思わず吹き出してしまったが、変化のない私の料理のなせる技かと、いたく反省もした。そして、今まで私は、彼等に何を教えて来たのだろうと、思った。考えてみると、日頃、口うるさく言っていたのは、四つの言葉のみである。「行って来ます」「ただいま」「ありがとう」「ごめんなさい」……と。これだけは、自然に言える人間になってもらいたいと思っていた。いま美しくも優しく成長した二人の前に、どんな人生が待っているのか私には分からないが、何かの折、ちょっと変わったこのグランマーがいたことを思い出してくれたら幸せだと思った。

そして有能でもない自分に言い聞かせた。多くを望まないことにしよう。

私は、「いってらっしゃい」と「おかえりなさい」を言うだけの存在でいいのかもしれない……と。

「着いたよ!!」

息子の声で私は目を覚ました。ポーチのビオラが、闇の中に白く浮き上がっていた。

不思議の国のアリス症候群

エバは、十四歳になっていた。ときどき彼女は、「頭が痛い、学校で『どもる』」と言うようになった。頭痛を知らない私は、子どもでも頭が痛くなるんだと、のんきだった。家で見ているかぎり、「どもる」こともない。気のせいだと思った。

ある日彼女は、切羽詰まった顔をして、「文字が裏返しに見える……」と、全く思いもつかないようなことを、大粒の涙を流しながら訴えた。文字が裏返しに見えるなんて、私の長い人生の中でも、一回も聞いたことのない言葉だった。私は不思議なものを見るような思いで、まじまじと彼女を見つめた。彼女は初々しく、そして賢く、美しかった。

しかし、それからが大変で、日赤に始まり、いろいろ、多くの先生達にお世話になった。緑の芝生が美しく輝いていたある日、プールサイドで、近所の田中先生とコーヒーを飲みながら、その話をすると、

「それは〝失読症〟で、外国では〝不思議の国のアリス症候群〟と言います」

と、何ともロマンティックな病名を言われた。そして、

「トム・クルーズや、スピルバーグ、アインシュタインもそうでした」

と言われた。私は夢の中にいる気がした。

ある日の喧嘩（エバ）

テレビから流れる東日本大震災の様子を一緒に見ようと父親がエバに言うと、「可愛想すぎて見たくない」と彼女は言った。

彼女は起きぬけで、お腹がすいたをくり返し、大粒の涙を流しながら、父親ともめ始めた。ついに父親はギブアップして、自分の部屋に入った。

私はお腹のすいた彼女に声をかけた。

「ホットドッグでも、おにぎりでもできるよ。食べなさい」

「死ぬほどお腹がすいてるけど、食べる気がしない」

エバは泣きながらくり返すので、ついに私もキレてしまった。

「食べなくていい!!」

「お腹がすいて死ぬかもしれない。もし死んだら、エバのお金は全部グランマーにあげる」と突飛なことを泣きながら言った。

「いくらあるの?」と聞くと、「少しだけど」と言って、ジャラジャラと小銭の入った箱を持ってきた。私は吹き出してしまい、お腹が痛くなるほど大笑いをした。すると彼女は、「私が死ぬかもしれないのに、どうしてそんなに笑うの」と怒って、部屋にたてこもった。

それでも私は、大きなおにぎりを作って、彼女の部屋に行くとカギがかかっていて開かなかった。今度は私が頭にきて、ドアを蹴り怒鳴り出した。ついに彼女は、カギを開け大きな、おにぎりの皿を受け取った。

しばらくすると、お腹いっぱいの彼女は、機嫌良く部屋を出てきて、「ありがとうグランマー」と言った。そして、

「喧嘩の時、問題を話し合って、お互い悪い所をゴメンなさいと言ってハッピーになりたいのに、ダーディーはすぐ部屋にたてこもるから話ができない。ケンカの時、ダーディーはいつも心が子どもになる」

と、わかるようなわからないような不思議なことを言った。

ビオフェルミン

「あと十分で着くから、下に降りてきて!!」

と伸二からｔｅｌが来た。恒例の郊外の家への民族の大移動である。

遅れてエレベーターに乗り込むと、かすかに異様な臭いがした。

「マイクがおならを出した」

……と、エバがゲラゲラ笑い出した。

六階から若い夫婦と五歳くらいの男の子が乗り込んで来た。臭いの原因を言う勇気もなく、私は男の子に「どこ行くの?」と問いかけると、「ピザ食べに行くの」と可愛く答えた。

やがて伸二の車が来て、私達は車中に納まった。私は思い出し笑いをしながら、「ピザを食べに行くのに、本当に気の毒だった」と報告すると、「謝れば良かったのに……」と彼は言った。

やがてフジテレビのネオンや、お台場の美しくも幻想的な夜景が広がって、感激していると、また異様な臭いが、まるで忍者のようにしのび寄ってきた。

異常に臭いに敏感な伸二が「マイク!!」と叫んだ。マイクはすまなさそうに「ごめんなさい」と謝った。「絶対に出すナ!!」とご機嫌ななめの父親が言うと、にぎやかにビートルズを歌っていた二人が急に静かになった。

しばらくしてディズニーランドの横を走っている頃、また強烈な臭いがただよい始めた。エバと、私はまたゲラゲラと笑い出し大騒動になると、伸二が「何を食べさせたんだ!!」と言い出した。今度は私が頭にきて、「みんなと同じ物よ!!」と言いながら、思いを巡らせた。

ちょっと日にちの経ったカステラだろうか、チーズケーキだろうか、シリアルだろうか……いつも食べている物ばかりである。しばらくすると「ダーディー」と懇願するようにマイクが話しかけた。「ダメ!!　ドント・ファット!!」と彼は不機嫌に叫んだ。可愛想に、昔から〝出物腫れ物所嫌わず〟の格言もあるのに。

「マイク、出してもいいけど、動いてはダメよ」という私の助言にもかかわらず、強烈な臭いは、迫り来る夕闇の如く、忍び寄ってきた。エバと私はまたゲラゲラと笑い出した。エバが「窓を開けて、開けて！」と叫んだ。高速道路の上、車の窓が開くと、髪の毛が逆立つほどの風が吹き込んで来て、一瞬のうちに空気は清浄になった。

「マイク、出したら、ごめんなさいと言いなさい。エチケットでしょう」とだんだん私も腹が立ってきた。あきらめた伸二は、ときどき窓を開けることにし、私達は髪を逆立てながら郊外へと向かった。

家に着くと、ビオフェルミンを飲ませて、一件落着となった。

ひき蛙

ある夏の週末、郊外の家に行く日である。

出がけに、マイクとエバが、手の平半分くらいの大きさの蛙を拾ってきて、「育てる」と言い出した。その蛙は、茶色だが、何とも不思議な縞柄で、あざやかな赤い線が横腹にフニャリと入っていて、とてもおしゃれで、その上、愛らしいつぶらな目をしている。

父親は、いずれ飼育係りが自分に回ってくる（かっても、マウス、熱帯魚、インコなど……）のを恐れて「戻してきなさい!!」といくら言っても、子ども達は撫でたり、さすったりで、とうとう連れてきてしまった。

あくる朝早く蛙の様子を見てみると、蛙は、大きな瞼をとじて、おとなしく眠っていた。私達は、子ども達が起きるのを待って、熱帯魚の専門店に蛙の飼育法を習いに行くことになった。お店には、カメやトカゲなどがいた。店員さんが「これは日本のひき蛙です。餌は生きたコオロギです」と何とも残酷なことを平気で言って「外来種ではないから、一番いいのは、水辺に逃してやることです」と言った。子ども達は「むずかしい時は学校に持っていく」と言い、やっと父親も納得した。

お店から帰る途中、ランチに来る友人夫妻のために、ストアで買い物をすることになり、駐車場に車を止めた。私達は、車の中に蛙のケースを置いて存分に買い物を楽しみ、アイスクリームを食べながら車に戻った。ふと見ると、ケースの中で、蛙が白いプックリとした大きな腹を上にして、ひっくり返っていた。これは熱中症だとすぐわかった。あわてた私達は、アイスクリームを放り出して、家の近くの小さな公園に直行し、水辺の葦の葉の上に、そっと置いた。彼の大きな瞼が動いたので、少し安心し、私は背中に、すくった水をかけた。すると蛙は、スィーと泳いで、葦の根元に身をかくした。「ときどき、見に来ようね」と言いながら、私達は帰路についた。

文楽

エバ達が学校で文楽を見に連れていってもらった。

インターナショナルスクールなのに……と、日本人としてうれしくなった。

帰ってくると、さっそく彼女は、私達の前で文楽のまねをしてくれた。端整な、小さな美しい顔の彼女は、目をつり上げ、口をとがらせて、ゆっくりと首をふる。ゆっくりカクカクと腕を上げ、足をもち上げる。すると、マイクがエバの後ろにまわり、人形をあやつるまねをした。息子と私は、腹をかかえて笑った。

私は日本の古典文化に触れさせてくれた学校に感謝した。

貧乏

郊外の家に行く車の中で、喧嘩をしている子ども達二人を、仕事で疲れ切った息子が、不機嫌そうに叱りつけた。

このところストレスいっぱいの様子の息子も、わけのわからないようなささいな我が儘も言えない子ども達も、よりかかれる主人のいない私も、可愛想だ。ある意味、私がどんなに頑張っても、息子の妻にはなれないし、子ども達の母親にもなれない……と、私もユウウツになった。

あくる日、子ども達を学校に送り出し、息子と二人で朝のお茶を飲んでいると、穏やか

な顔で息子が、

「昨夜、マイクとエバが僕の部屋に来て、『ダーディー、私達はお金がなくても貧乏でも大丈夫だから、元気を出して』と言ってきた」

と嬉しそうに言った。

それは静かな朝、しみじみと子どもの成長を感じた幸せなひとときであった。

美人

「グランマーは美人ネー」と、突然エバが言う。

「エッ!!」

私は絶句して「エバが美人よ」と言うと、

「いえいえ、グランマーよ。とても五十歳とは思えない。ありえない!!　二十五歳みたいよ」

「ありがとう、五十歳じゃないよ。七十九歳よ。でもうれしいわ。グランマーもいつもお友達にエバは美しいと言ってるわ」

「私も、私のおばあさんは、最高に美人だと、みんなに言ってる」

すると、そばで聞いていたマイクが、

「エバ、美人だなんて言葉、どこでおぼえてきたの？」

と言って大笑いになった。

病院

エバが三十九度の熱を出した……。高熱である。「足が痛い」と訴える。さすりながらまた熱を計り、急いでタクシーを呼んだ。車の中でエバが、

「グランマー……足がねむったよ」

「エッ!!　何それ？」

つまり、足が痛くなったということだった。

そして病院でのどの検査。誰でものどの検査は嫌だけど、彼女の拒否反応はすごい。椅子の上で、「ちょっと待って待って。お願い、お願いやめて」と泣きわめき、綿棒を持った先生を蹴り上げた。

彼女のスラリと伸びた細い足が、するどくキックすると一瞬、先生も怯む。

ついに看護師さんが三人がかりで、手と足、頭を押えて彼女の反撃にそなえた。

先生は、やっと喉の奥に綿棒をさし込んだ。

帰りぎわエバは「先生、ごめんなさい……」と頭を下げた。

高熱は、扁桃腺だった。

トランペット

学校のクラブ授業で、エバは「トランペットを習うことにする」と言うと、まず父親が反対した。

「ピアノにしなさい」

「いやよ!!　ピアノは、きらい。トランペットにする!!」

「止めなさい。トランペットは、ほほが、ふくらんでくるよ!!　顔は、大きくなるし、口がとがってくる……」

と、父親はへんな理屈を言った。エバは、うるうると涙をあふれさせながら、

「トランペットがいい……」

と泣き出し、「先生はほほは、ふくらんでないし、顔も小さいよ」と言った。つまり父親のマケである。

それからしばらく経った十二月のある日のこと、エバが、

「グランマー、少し早いけど、クリスマスプレゼントをあげたいの。どう?」

と聞いてきたので、「早くもらいたいわ」と答えた。すると、クシャクシャの紙にくるんだ物を持ってきた。それは、白地にピンクの梅の花のついた湯のみ茶わんだった。

「グランマー毎朝お茶飲むでしょ」

「ありがとう!! エバ、どこで買ったの?」

「百円ショップよ」

とエバは可愛く言った。

私も彼女にプレゼントしたいものがあった。彼女が、ほしがっていた白いフカフカのムートンの敷物とクッションである。早く彼女のよろこぶ顔が見たくてさっそく買ってきて、息子に見せた。

「早めのプレゼントにする」と言うと、息子は「ダメ!!」と言って、取りあげてしまった。

マイク　十代のある日

「音楽を頼むから」と、マイクが九五〇円持ってきた。この頃の子ども達は、音楽をテープでなく、ダウンロードして聴くらしい。

彼はコンピューターでダウンロードして支払うのに、私のカードを登録しているからである。

「いいよ、グランマーのプレゼント」

次の日、二千円持ってきて、「グランマー音楽を頼むから」と言う。

「いいよ、グランマーのプレゼント!!」とまた言うと、「グランマー、とっといた方がいいよ。だんだん高くなるから」と言った。

「いいよ、グランマーは、マイクよりお金持だから。大きくなったら、グランマーに音楽をプレゼントしてね」

「ありがとう、グランマー!!　アイラブユー」

と言って彼は部屋に帰った。そして私は、私の人生の終末は、音楽に溢れているのだろうか？　と一人ニンマリした。

先日、ささいなことで私が怒り出し「マイク、きらい!!」と言うと彼は、すがりつくような目をして「どうしてボクが悪い？　何が悪い？　ボクのどこが悪い？」と、しつこく迫ってきた。私は、母親なら、何があっても我が子をきらいと言うだろうか？　と深く反省し、泣けてきた。

気がつくと、十四歳のマイクの口の周りが、ぐるりと、うす青く見える。また、顔にペインティングをして遊んだのかと思ったら、さにあらず、うす青い生毛であった。

毛深い彼は、背丈もすでに私を追い抜き、声も野太く変わってきた。そして生意気にも反論するようになってきたのだ。私も負けじと論戦を展開するのだが、どうしてどうして、なかなか筋の通ったことを言うから、にくらしい。

そうして十四歳を相手に頭に血がのぼり、「もう五島に帰る!!」と宣言するハメになるのである。ああ情けない!!

エバ　十代のある日

道を歩きながらエバが言った。

「マイクのようなコンピューターが欲しい」

彼女のコンピューターは古いのである。

「グランマーがお金持ちになったら買ってあげるね」

「それは無理よ」

「どうして!!」

「グランマーはオールドで、働かないから、もうそれ以上リッチにはならないよ」

「わからないじゃない。宝クジを当てるかもしれない」

私は大いにプライドを傷つけられて、不機嫌になった。すると十二歳の彼女は、

「私は本当のことを言ってるのよ」

と言った。ついに私は、ふき出しながら、よし!!　何か事業をしようと思った。

ある日、エバに、「何回言ってもわからない人はバカよ!!　貴女はバカ」と、どなった

ことがあった。

翌日、エバがこう言った。

「グランマー、私のことバカと言わないで……。私の心は半分なくなりました」

私はヒヤリとして「ごめんなさい、エバ」と彼女を抱きしめ、「アイラブユー」と言うと、エバも「ミートゥー」と言った。ケーキを作っていた彼女は、できたてのケーキを「一番はグランマー」と口に入れてくれた。何だか、わけのわからない味だったが、甘く、せつない味だと思った。


秋が近づいたある日、エバが朝からボヤーっと、ユーウツそうに紅茶をスプーンでかきまぜている。

「どうしたの？　具合でも悪いの？」

「何ともない」

「マイクとケンカでもしたの？」

するとマイクが、

「違うよ!!　ボクは、いつも助けあげてるよ」

と言った。助けあげてる？　つまり相談に乗っている、ということらしい。

彼らはなるほど……と考えさせられるような、おもしろい日本語を使う。

「エバ、何でもグランマーに言うのよ。一緒に考えるからね……」と、私は言った。

私は一番心配なことがある。その時がこわい。

そろそろ彼女は、少女から、女になりそうだから……。

マミーのパジャマ

郊外の家にあるウォーキングクローゼットには、ジュディーの服がそのままになっている。

ある夜、エバがダブダブの花柄のパジャマを着て、「おやすみ、グランマー」と言ってきた。白地に小花のパジャマは、とても可愛いけど、あまりのダブダブさに「どうしたの？　そのパジャマ」と聞くと「マミーのパジャマ」と、うれしそうに、袖をパタパタさせてベッドに入った。

片づけがすんでエバの部屋に行ってみると、彼女は小花のパジャマにくるまれて、スヤスヤと安らかな寝息をたてていた。

天国の母親に抱っこされている夢でも見てるのだろうか……と、胸が痛くなった。

野鴨のお母さん

郊外の家で、思いがけないことが起こった。

ある土曜日、玄関横の植込みの根元に、白い卵が十個、粗末な巣らしき囲いの中に見つかった。鶏の卵ほどの大きさである。以前プールサイドで見かけた野鴨の卵のようだ。

私とエバは息をひそめて身をかがめた。親鳥がいないということは、子育て放棄か……と。するとエバが、信じられない行動に出た。卵を三個取り出すと、自分の胸の中に入れた。

「私が育てる!!」

そして、彼女は三個の卵を食事の時も、テレビを見ている時も、ふっくらと膨らみ出した乳房の間に入れて温め続けた。歩くのも静かに静かにである。しばらくして、ついに彼女は「お母さんって大変ね」と溜息をついた。それからみんなでペットショップに行き、孵化用の保温器を買ってきた。

あくる日の早朝、そっと植込みの方に行ってみると、親鳥がパッと飛び立った。夜は親鳥が来ているようで安心した。どちらの卵が育つのか、わからないけど、彼女はすぐインターネットで調べはじめた。すっかり、くわしくなった彼女は、「一カ月くらいで生まれる!!　あと一カ月で生まれる」と自信満々である。

寝る時は、つぶすといけないので保温器に、もちろん外出の時も保温器だが、都内のマンションに帰る車の中では、彼女の初々しい乳房の間である。

光をあてて、すかして見て「命が見える!!　無事に生まれるよう、祈ってね」と言い、学校から帰ってくると、彼女は保温器から卵を出して胸に抱いた。

次の週、卵の様子を気にしながら郊外の家に来てみると、七個あった卵は一つもなくなっていた。あんな大きな卵を移動させるとは思えない。鳥に食べられたとしても、割れた卵の殻もないのである。たぶん、ヘビが飲み込んだのだろうとの結論に達した。こんなことなら、みんな保温器に入れれば良かったと私たちは後悔した。

エバの卵は順調だった。彼女は卵を電球にすかして見ながら、「だいぶ卵の心が大きくなった」と言うので、私は「心ではなく心臓でしょう」と言った。卵の中の黒い影は、本当に大きくなり、重くなっていた。

しかし、毎日持ち歩いていた彼女が「動かなくなったので、少し卵を割ってみたけどダメだった」と言って卵を持ってきた。おどろいたことに、卵から出かかったヒヨコは、頭もくちばしも羽もあり、まさに野鴨の赤ちゃんであった。

こうしてエバの野鴨のお母さん業は終わった。

彼女は涙をあふれさせながら、植込みの土を掘った。

ダーディーのデート

三年くらい前に息子の伸二に紹介された女性は、キラキラと光る金髪をなびかせて美しかった。名前をオリビアと言った。

伸二は一生懸命彼女のいいところを強調した。私はこわばった笑顔をさせながら、亡きジュディーの素晴しさを思い、心の中で一つ一つ反論していた。

とにかく伸二の再婚相手への障害は、子どもではなく、私だったかもしれない。

肝心の子ども達は、特にエバは、オリビアにぴったりで、しなだれかかり、ご機嫌だった。仕事で来日していた彼女が帰ると、またいつもの生活が戻ってきた。

月日が流れ、久しぶりに彼女が来日した。またまた、伸二は舞い上がり、上機嫌となった。人間、好きな人ができると、他の人にも優しくなるものである。息子はいつもより私にも優しくなり、いろいろと話してくれた。

彼女が帰国する日が近づいたある日、二人だけの時間を作る事になった。私は子ども達に、

「今日はダーディーのデートの日だから、電話をしてはダメよ」

と念を押した。

三人だけの夕食がすみ、私はゲームに夢中の子ども達を残して、部屋に引きあげると、コトンキューで眠ってしまった。

あくる朝、子ども達が学校に出ていくと、いつもの穏やかな時間が戻ってくる。起きてきた息子が、お茶を飲みながら呟いた。

「昨夜は、ずっとエバから電話があった」

「エッ!!『今日はダーディーに電話したらダメ』と言ってたのに……。何てかかってき

たの？」

「『ダーディー何してるの？　もうおそいから早く帰っていらっしゃい!!』と何回も電話があって、デートどころじゃなかった」

と少しうれしそうだった。

いっちょ前にやきもちを焼いたのね、と親子二人で大笑いをした。


それから数日が経ち、私達は郊外の家に来ていた。

外の明るさに目が覚めると、めずらしく粉雪が舞っていて、芝生は一面に真っ白である。私は、うれしくて「マイク、起きなさい、雪よ!!」と声をかけたが、彼はピクリともしない。「エバ、雪よ!!」と言うと、彼女はパッと飛び起きて「外に行ってもいい？」と言った。「いいよ、いっぱい着てね」と、私は厚い靴下を渡した。

雪におどろいて、早めに起きてきた息子が庭に出ると、そこには、芝生いっぱいに、大きなハートが描いてあり、そのハートの中央に、『アイ・ラブ・ダーディー』と書いてあった。棒で雪を掘りおこしていたエバは、パジャマ姿の父親を見上げた。息子は、すっかり冷たくなったエバを抱きしめて、「アイ・ラブ・オンリー」と目をうるませた。

それは、思いがけない雪の日の、父と娘の愛の瞬間だった。

マミーの思い出　エバの話

多分エバが高校生の頃、私はこう聞いたことがあった。

「マミーのことを話して……。楽しい思い出話をして……」

すると、花のように美しい彼女はこう答えた。

「うん、わかった。でもマミーの思い出は、悲しいことばかりよ」

「それでもいいのよ。大切なことだわ。人間忘れる動物だからね。貴女がグランマーの年になっても思い出せるように書いとくわ」

私はなんとなくウキウキしながらも涙ぐんだ。彼女は、ポツリポツリと話しはじめた。

「私は小さくて、ほとんど覚えていない。でも、ある日、『今日から病院だけど、百日たったら帰ってくるからね』と言ってマミーは病院へ行った。それは、だんだんとクリスマスが近づいてくる頃だった。ある朝、目が覚めると、まだ百日経ってないのにマミーが帰ってきていた。その日は、ちょうどクリスマスの日だった」

「良かったねー。ビッグなクリスマスプレゼントだったねェ。もうないの？」と私が言うと、彼女は断言するように一言「ない!!」と言った。そして彼女は、呟くようにポツリと言った。

「私は、いつも半分は自分が自分のマミーだったのよ」

「エッ!! グランマーは、グランマーは何なの？ マミーの代わりではなかったの？」

「グランマーはグランマーよ」

私は切なくて泣けてきた。幼い五、六歳からずっと、半分自分の母親だなんて……。切ない時、誰にも分かってもらえない時、半分母親の気持ちで、自分自身を慰めていたなんて……。

ある日、部屋から出てきたエバに驚いた。見事な黒髪が黄金色になっていたのである。

「どうしたのよ、エバ!! その髪は」

とたずねると、彼女は手をヒラヒラさせながら、

「まだ工事中なの、あした、もう一回染めて、できあがりよ」

と、変な日本語で言い、不安そうな顔をした。

「そうか!! 明日が楽しみね。きっとハリウッドのスターみたいになるのね」

私がそういうと、彼女は笑顔になり、
「あした学校で、みんなが何と言うかナー」
と天井を見上げた。

十七　兄妹の絆

マイクとエバの二人は、父親の伸二や母親代わりの私より、根底で強く強く結ばれている、と思うことがしばしばあった。マイクが反抗期に入ると、父親と激しくぶつかる時もあった。するとエバは、両手を広げて父親の前に立ちはだかり、涙を流しながら抗議した。

彼女は少し変わった兄に「私は成功してマイクを守る」と健気なことを言った。彼女は非常に美しく優しいが、勝気である。

有名なプロダクションからオファーがあっても乗り気ではなかった。

ある日、演芸部に入ったと言うので、いよいよ目覚めたのかと楽しみにしていると、クルー、つまり舞台の裏方だった。「階段を作って楽しかった」とか、「今日は幕引きで忙しかった」とヘトヘトになって帰ってくることもあった。あの美貌で利発だからスターになれるだろうと思っていたら、幕引とは……と、あきれてしまった。

あれはマイクの十七歳の誕生日だったと思う。

彼女の兄へのプレゼントは、聞いた事もない〝ベッドでの朝食〟だった。彼女はチーズ入りのオムレツにベーコンを添えると、黒いブレザーを着、蝶ネクタイをし、黒ぶちの目鏡をかけボーイに扮装した。そして大きなトレイに、コーヒーとオムレツを乗せた彼女は、しずしずとマイクのいるベッドに向かった。「バースデーの朝食は、ベッドで……」と、彼女は洒落たことを言って、ベッドの横につきそった。

その日の夜は、マイクの友達六人が、食事に招待してくれるとのことだった。

私は、バースデーを一緒に祝ってくれる友達がいることに涙が出るくらい感謝した。

夜九時頃帰ってきたマイクに「何のご馳走だったの？」と聞くと「マクドナルド!!　おいしかった」と言った。何とも微笑ましいかぎりのメニューだった。

十八　マイクの卒業式

気がつけば八十三歳、信じられない月日を過ごしたことになる。

孫達は確実に成長し、マイクは父親を越す背丈となった。家中、英語のシャワーのようなおしゃべりが始まると、私は一人取り残されてしまう。すると私に気づいたマイクが、探すようにゆっくりと、日本語で話しかけてくれる。彼は優しく魅力的に成長した。

二〇一五年五月、高校（アメリカンスクール）の卒業式が夜の七時から始まった。

青いガウンに金の房のついた角帽を被った、初々しい卒業生達は、最高に格好良く、息子と私は「よくここまで来たねェ……」と胸が熱くなった。映画で見るような感激的な帽子投げにも立ち合い、立食パーティーに出席した。すべての行事が終わると、友達との別れを楽しむマイク達を残して、私達二人は一時間近く電車にゆられながら家路についた。

私は雨の日も風の日も一人電車で通い続けた、波乱に満ちた彼の高校生活に思いをはせ涙がこみ上げた。

思い返せば、最初の高校でも彼は問題児だった。ある時マイクが、鞄を持たずに学校から帰ってきたことがあった。

「マイク、カバンは？」

「明日また持っていくから、学校に置いてきた」

その時、思わず私は吹き出してしまったが、今考えると、これは重大なシグナルだったのかもしれない。ひょっとして、いじめに遭って鞄を隠されたのかもしれない……。おそきに失したが、母親なら気づくべきところを、私は笑って見過ごしたのかも知れなかった。ゴメンね、マイク。今更ながら胸が痛くなる思い出である。

ある時、あまり成績の良くないマイクに父親が宣言した。

「すべてAとは言わないがB以上の成績になったら十万円あげる」

と不可能に近い提案をした。お金に執着のないマイクは、無関心のようだったが、学期末の成績はびっくり仰天、すべての教科がAとBになり父親から十万円をせしめた。

学校からも、注目していると、うれしい連絡があった。いつまで続くかわからないけど、やっぱり変わった子だと思った。彼はなだめるような不思議な目で私をみつめる……。

ある日、マイクの部屋に行くと、机の引き出しが全開になっており、お札が散らばっていた。たぶん成績アップした時に、父親から貰ったお金であろう。

「マイク、お金はこうしてまとめて置くものよ。なくなったら、誰かを疑いたくなるでしょう」

などとお札をまとめながら教えていると、エバが入ってきた。

マイクが、「どうしてボクの部屋に皆、来るのよ」と言うと彼女が「お金のある男の所に女が集まる」ととんでもないことを言った。

どこで覚えたのか、可愛い十五歳の少女のタドタドしくも鋭い日本語にびっくり仰天し、大笑いとなった。

思い出にふけっていた私は、「もうすぐ着くよ」と言う息子の声に我に返った。いろいろあったが、それでも、これでマイクはもちろん、私も息子も一つのハードルをクリアしたのだと感無量だった。

九月からは、彼の第二の人生、ニューヨークでの学生生活が始まる。

やがては日本を離れる彼らも、遠い異国の地から、改めて桜咲く日本の良さを再発見するだろうし、白い砂浜とエメラルドグリーンの五島の海も思い出してくれると確信した。

何しろ彼らには、日本とアメリカの血が流れているのだから……。

世界は広い。はばたけマイク、エバ!!

十九　旅立ち

いつの出発の時だろう。

八月に入ると、私はイライラと機嫌が悪くなった。

マイクの出発は十五日。あと一週間、あと五日と日にちばかり気になった。

これから始まるニューヨークの彼の生活を思うと、困らないようにと、ついつい口やかましくなってくる自分を抑えることができなくなっていた。

明け方まで起きていて、昼過ぎまで寝ている毎日を見ているので、ちゃんと一人で起きられるのかと、それが一番の心配だった。

「物事、順序を間違ってはいけない。一番にすることと、二番にすることをよく考えなさい」

などと、私の八十数年の経験をクドクドと言ってると、

「あと四、五日だから、もう何にも言わないで、好きなようにさせて、気持ち良く送り出そう」

と、息子がもっともらしく言った。わかっていることなので、またまた私は腹が立ち、今度は息子と私の仲が険悪になってきた。

十三日の日曜日は、家族で最後の食事をしようと約束していた。すると息子が、

「今日の食事は、さくらカフェでやることにした。六時から貸し切っているから、五時には出られるようにしておいて」

と言った。さくらカフェとは、エバがしばしアルバイトをしていた、小さなカレー屋さんである。道路に面したウッドデッキのテラスがおしゃれで、小さなカレー屋は独得の雰囲気をかもし出している。日も沈み、暗くなると、いろいろな友達が集まり、バーベキューも始まった。それぞれグラスを片手に話がはずみ、ギター持参の息子の友人が演奏

を始めると、マイクとエバが歌いはじめた。

久しぶりにつま弾くマイクのギターを聞きながら、私は過ぎこし日々に思いを馳せた。テラス越しに、たっぷりと霧雨を含んだ夜の桜の葉が枝を伸ばしていた。


出発の前日マイクは、世話を焼く私に「自分でできる」と、大きなスーツケースに次々と服を放り込んだ。フト見ると服の間に、あの赤い木の小箱があった。

ああ、いつも彼はマミーと一緒なのだ。マミーと一緒にニューヨークに行くのだ……と切なくなった。

私は、何にもすることがなくて、それでもビタミン剤やカルシウム剤を入れた。迷惑がられながら、好物の「柿の種」を大量につめこんだ。

「淋しくなったら食べてね……」と。

ニューヨークに到着したその日は、友人の家に泊まると聞いていたので、美しいバラのチョコレートを、ごあいさつ代わりにと鞄に入れた。いらないと言う彼に、私はおごそかに一宿一飯の恩義を話してやった。「日本人だからね……」と。

十五日早朝、マイクは旅立った。羽田空港に向かう車の中でも、私は沈黙していた。私は彼に、何をしてやったのだろう……と、反省しながらストレスの塊になっていた。あたり前だけど、どんなに努力しても、尽くしても、母親の代わりはできても母親にはなれないのだ。それくらい母親とは、崇高な存在なのだと自分に言い聞かせた。

ゲートに入る間際、マイクが、

「グランマー、そんな顔しないで……。十二月には帰ってくるから……。すぐだよ」

と、男の子らしからぬ、ほそりと長い指で私の涙を拭き、強く抱きしめた。彼は、かぎりなく優しく、そして自立していた。もう彼は男の子ではなく、立派な男性だった。

やがてエバも、兄のマイクを追いかけるようにニューヨークの大学へと旅立った。

初めて帰省した時、彼女は「彼氏ができた、彼氏ができた」と歌うように言って、部屋を飛びはねた。父親は「聞かなきゃ良かった!!」と、とたんに不機嫌になり部屋に引っ込んだ。

これから、どうなるのやら。また違った悩みが押し寄せてくるのだ……と思った。今度こそ、八十数年の私のキャリアが役に立つ。女にしかわからない、ときめきの時間を……

と密かに思った。

月日が経ち、大学の冬休みで帰ってくるエバを成田空港まで迎えに行った。ゲートから出てきた彼女を見て私はビックリ仰天した。彼女の髪は七色に染められていた。赤、黄、みどり、紫……あまりの思いがけなさに、私は腹立たしくなり、久しぶりの再会なのに不機嫌になった。

さすがに彼女も、もとに戻したいと言い、次の日、美容室に行った。いつもの二倍の時間と二倍の金額で、彼女はもとの黒髪になった。

そして先日美容室に行った時、「エバちゃん、今度は何色で帰ってくるんでしょね」と美容師さんが言うので「帰ってきたのよ。今度はもとの黒髪だったわ」と大笑いになった。

思えば、エバが少女の頃、彼女は「ドクターか、薬の研究をしたい」と言い、彼女のお友達のマリーは「私は日本の大統領になる」と吹き出すようなことを言ったことがある。そんなエバの希望に、父親も私も、ひそかに期待をしていた。しかし彼女の希望は次々と変わり、今は漫画家になると言って大学まで変わってしまった。

漫画家!!　まん画家とは……。好きな道に行けばいい……と息子は言う。これから、夢のある漫画家がいいのかもしれない……と彼は呟いた。

女性の大統領はどうなったのだろう。彼女の夢も変わってしまったのだろうか……。

思えば、あれから十二年、彼らは二十歳と十八歳になっていた。

私達親子にとっては、とてつもない大きな波を乗り越えたのだ。

あの頃、私は「千の風になって」の歌に支えられた。まさにジュディーは、お墓の中でなく、私達のそばに寄り添っていたのだから。

たぶん私は、二人を発酵させる麹のような役目だったのだろう。彼らがかぐわしい芳香を放って活躍する頃、もう私はいないのだ。それでいい……それでいい……、と自分に言い聞かせた。

これから私が口ずさむ歌は、「ゴンドラの唄」にしよう。燃え尽きる最後の時まで一生懸命、そして、みずみずしく生きようと心に誓った。

見上げた空には、コロラドの月ならぬ日本の月が、青空にうっすらと浮いていた。

明日はあしたの風が吹くのだから……と八十六歳の自分に言い聞せて。

完

あとがき

戦前、戦中、戦後を生きてきた私は、今八十八歳。人生の終盤を歩いています。

その私でさえ、自分の幼い頃の事、自分の両親の若い頃の事など、聞いておけば良かった……と、後悔の念にかられる時があります。勿論、もう私の周囲には、昔の事を思い出してくれる人も、教えてくれる人も、誰一人いません。

そして今、私は幼年期に母を亡くした二人の孫に、言っておきたい日常の日々を、書きのこしておこうと、思い立ちました。なにしろ私は八十八歳、ボケるかも知れないし、この世に、おさらばするかも知れないのですから。

「あなたの小さいときは、こうだったのよ。こんな事もあったのよ」等々話してくれる親のつもりで書きました。これは彼らと一緒に歩いた私しか出来ない事だと自負しているからです。若くして逝った彼らの母親が、どんなに魅力的で美しい女性であったか、いかに意欲的に勇気ある素晴らしい生き方をしたのか……。

また、彼らの父親が、この大波を、どんな思いで乗り越えたのか……。

彼らが歩く、これからの長い人生の途中で、振り返る事があったら、読んでもらいたいと願っています。

Eva, even though you are so beautiful on the outside, the inside shines even more.

エバ、たとえあなたの外見がとても美しくても内面はもっと輝いている。

Eva, I love being your mama. I will always live in your heart.

エバ、私はあなたのママでいるのが大好き。

私はいつもあなたの心の中に生きている。

Eva, you are so kind to animals. I love that about you. So does papa.

エバ、あなたはとても動物に親切。そういうあなたが好き。パパもそう。

Eva, you are my sunshine. My only sunshine. You make me happy When skies are gray. You'll never know dear, how much I love you!
エバ、あなたは私の太陽、私の唯一の太陽、空が曇ってる時もあなたは私を幸せにしてくれる、愛おしくて仕方ないのを知らないでしょう、どんなにあなたを愛していることか！

Eva, you have a good imagination.
I love it when you tell me your ideas.
エバ、あなたは素晴らしい想像力を持っている。
私にあなたのアイデァを話してくれるのが好き。

Eva, you are such a kind person with a gentle heart.
Mama loves you so much.
エバ、あなたは穏やかな心を持った親切な人。
ママはあなたをとても愛してる。

Eva, I love you with everything in me.
エバ、私は全身全霊であなたを愛す。

Eva, mama is always near you. Even when you don't see me. I'm there.
エバ、ママはいつもあなたのそばにいる。
たとえ私が見えなくても私はそこにいる。

Eva, God blessed me more than I could ever dream of by putting you in my life.
エバ、私の人生において常にあなたに夢見ることができた以上に神様の祝福があります。

Eva, could you be more wonderful? It's impossible! You're the best.
エバ、よりステキになってくれる？これ以上はむりだわ。今のままで最高。

Eva, you can blow one big bubble with bubble is house gum. Very cool!
エバ、あなたは大きなシャボン玉を吹けるわ、それは家族を和ませてくれる。とてもカッコイイ！

Eva, your smile light up the room.
エバ、あなたの笑顔は部屋を明るくする。

Eva, you are mama's heart. Mama's joy.
エバ、あなたはママの心。ママの喜び。

Eva, you are a very strong person. Don't forget that! You rock.
エバ、あなたはとても強い人。そのことを忘れないで！

Eva, It's OK to be shy. It's OK to be embarrassed sometime. Everyone feels like that sometime. Even mama.
エバ、恥ずかしがり屋でも大丈夫、ときどきとまどっても大丈夫、みんなときどきそうなる、ママでさえ。

Eva, you are soooo creative. Your art projects are so beautiful!
エバ、あなたはとーーーっても創造的。
あなたのアートプロジェクトはとても美しい！

Eva, I love shopping with you. You pick such nice clothes.
エバ、私はあなたとショッピングするのが大好き。
あなたはステキな洋服を選ぶ。

Eva, you are a really good singer! (that's from mama)
Music is good for your heart.
エバ、あなたは本当にいいシンガー！（それはママから）
音楽はあなたの心に良い。

Eva, when you feel sad, get a hug from Daddy or Papa.
It will help you.
エバ、あなたが悲しい時ダーディーかパパがハグしてくれる。
それはあなたを助けるでしょう。

Eva, I know how much you love Mike, keep him close always.
He's your only one brother.
エバ、私はあなたがとてもマイクを愛していることを知ってる。いつも彼のそばにいてね。彼はあなたのたったひとりのおにいちゃん。

Eva, remember that God loved you very very much.
エバ、神様がとてもとてもあなたを愛していることを覚えていて。

Eva, you are so beautiful on the inside!
エバ、あなたの内面はとても美しい！

Eva, daddy loves you soooo much!
エバ、ダーディーはとーーーってもあなたを愛してる！

Eva, you will be such a great mama!
エバ、あなたは素晴らしいママになるでしょう！

Eva, you melt my heart with your little kisses.
エバ、あなたの小さなキスは私の心を溶かす。

Eva, you have an excellent memory!
エバ、あなたは素晴らしい想い出を持ってる！

Eva, I love your strong healthy little body. I love so snuggle you!
エバ、私はあなたの強く健康で小さくかわいい体を愛してる！　私はあなたに寄り添うのが大好き！

Eva, you're the sweetest flower in the garden!
エバ、あなたはうちの庭にある最も優しいお花のようだわ！

Eva, you have so much wonderful energy! It's great.
エバ、あなたはとても素晴らしいエネルギーをたくさん持ってる！素晴らしいわ。

Eva, I want to talk about girl things with you. What it's like being a girl. I love it that we are the same and it's fun!
エバ、私はあなたとガールズトークをしたかった。私達は女性だということがうれしいし、とても楽しいことでしょう！

Eva, you can do anything you put your mind to.
エバ、あなたは心にあるものはすべてできる。

Eva, you going to be even more beautiful than your mama. And I am quite the Hottie!
エバ、あなたはママよりさらに美しくなるでしょう。

Eva, when things get harder, you get stronger, kinder, better inside. Cancer did that for mama.
エバ、癌がママにしたように困難が起きた時、あなたはより強く、親切になり、内面も良くなる。

Eva, mama has all the confidence in you that anyone could have. You so wonderful!
エバ、ママはあなたに対して誰もが持つことができるすべての信頼を抱く。あなたはとても素晴らしい。

To Eva

Eva, you are in my mama's heart always.
エバ、あなたはいつも私の心の中にいます。

Eva, I feel so proud of you!
エバ、私はあなたをとても誇りに思う！

Eva, you are so smart! What are good brain God gave you.
エバ、あなたはとても賢い！　なんて良い頭を神様はあなたに与えたのでしょう。

Eva, you are so funny. You make mama laugh a lot!
Laughing makes me happy!
エバ、あなたはとてもおかしい。あなたはママをたくさん笑わせる！
笑いは私を幸せにする！

Eva, papa loves you so much. He needs your snuggles!
エバ、パパはとてもあなたを愛してる。彼はあなたが寄り添ってくれることを必要としている！

Eva, you are so organized! I'm always so amazed at that gift.
(I don't have it.)
エバ、あなたはとてもきちんとしている！
私はいつもその才能に驚く（私はそんなじゃない）。

Mike, play hard, eat well, stay fabulous!

マイク、よく遊んで、よく食べて、素晴らしいままでいて！

Mike, have lots of fun in life. That's the good stuff baby!

マイク、人生を楽しんで。それは良いものです！

Mike, you crack me up!

マイク、あなたは私を笑わせてくれる！

Mike, be strong in who you are, you are special.

マイク、あなたは世界にひとりしかいないので、あなたは自分が誰であるか強くありなさい。

Mike, stay happy and keep on thinking those good thoughts!
Keep your cup half full instead of half empty.
(It's the same cup it just depends on now you see it.)

マイク、見方しだいでポジティブにもネガティブにもなるからいまのあなたのようにポジティブな見方をしていなさい。

Mike, I love our late night talks! I think were talked about everything! So fun.
マイク、私は私達の夜遅くのおしゃべりが大好き！　何についてもおしゃべりしたいわね。とても楽しいの。

Mike, you will be a good father!
マイク、あなたはよいパパになるでしょう！

Mike, don't worry about the things that are hard for you. (Reading, writing) They will make you stronger! Just like your mama!
マイク、大変なこと（読み書き）があっても心配しないで。それらはあなたを強くするでしょ！あなたのママのように！

Mike, follow you passion!
マイク、あなたの情熱に迷わず従って！

Mike, you're an amazing swimmer.
マイク、あなたは驚きのスイマー！

Mike, you are my sunshine, my only sunshine. You make me happy when skies are gray. You'll never know dear, how much I love you!
マイク、あなたは私の太陽、私の唯一の太陽。空が曇っている時もあなたが私を幸せにしてくれる。けして忘れないで、私があなたをどんなに愛しているか！

Mike, love your sister! She's the only one you have.
マイク、あなたの妹を愛して！彼女はあなたのたったひとりの妹です。

Mike, I love being your mama. It's all I could wish for.
マイク、私はあなたのママでいるのが大好き。それは私が望むことができたすべてです。

Mike, how precious it is for me to knows you. I'm so thank full you Mike, are in my life!
マイク、私があなたを理解することはなんて尊いことなのでしょう。心からありがとう。マイク。

Mike, you are loved by everyone in our family, Deeply loved!
マイク、あなたは家族の中で誰からも深く愛されている。深く深く愛されている！

Mike, what a great sense of humor you have. You are a "quick wit".
マイク、あなたはなんて素晴らしいユーモアを持っているんでしょう！　あなたは「機知に富んでる」

Mike, mama loves your sensitive heart! It is one of your gifts.
マイク、ママはあなたの繊細な心を愛してる。
それはあなたの才能のひとつ。

Mike, follow papa's example of kindnesss and working hard.
マイク、パパの一生懸命働く所や親切な所を見習って。

Mike, you will grow into a wonderful, strong, kind man!
マイク、あなたは素晴らしくて強くて優しい男に育つでしょう！

Mike James, mama loves you with all her heart!
マイク、ママは心からあなたを愛してる！

Mike, you get your good looks from me! “Te he he”
マイク、あなたは私から美貌を得た！テヘヘ

Mike, all my kisses and hug forever and ever!
マイク、永遠に私のキスとハグを！

Mike, god loves you! Remember that in your heart when you feel sad.
マイク、神様はあなたを愛してる！　あなたが悲しい気持ちでいる時、思い出して。

Mike, I am always close to you. Even if you can’t see me all the time. I live in your heart.
マイク、私はいつもあなたの近くにいます。あなたが私を見ることができなくてもいつもあなたの心の中にいます。

Mike, papa needs your snuggles too! You are his special boy.
マイク、パパはあなたが寄り添ってくれることを必要とします。あなたは彼の特別な息子だから。

Mike, I so love to snuggle you and feel you near me.
マイク、私はあなたを抱き寄せてあなたを近くに感じるのがとても好き。

Mike, you have a wonderful imagination! It has a amazed me! What far reaching thoughts you have.
マイク、あなたは素晴らしい創造力を持っている。それは私を驚かす。遠くまで届く想像力を持っているのね。

Mike, I love your poetry and metaphors. Very deep, very cool!
マイク、私はあなたの詩的で比喩的なところが好き。それはとても深くてカッコイイ！

Mike, your one handsome fella. Even better looking on the inside!
マイク、あなたは素晴らしい人です。内面はもっと良く見える。

Mike, remember that the hard things make you stronger, better, kinder. That what cancer did for me.
マイク、困難がよりあなたを強く、良く、優しくすることを覚えていて。それはガンが私にしたこと。

Mike, you are a very strong person inside!
マイク、あなたは内面のとても強い人！

To Mike

Mike, I love reading to you!
マイク、私はあなたに本を読むのが大好き！

Mike, how weird will it be when you are taller than daddy? (soon.)
マイク、ダーディーより背が高くなる時が来るなんてなんて不思議なんでしょう。（すぐかもね）

Mike, daddy loves your kisses!
マイク、ダーディーはあなたのキスが大好き。

Mike, you're a great drawer, really good.
(so is your dad!)
マイク、あなたは色々な才能があるのね、まるで箪笥の引き出しの中に才能をしまっているようね、とても素晴らしいわ。（ダーディーに似たのね）

Mike, you bring so much joy to mama's life!
And papa's and daddy's and grandma's!
マイク、あなたはママの人生にとてもたくさんの喜びをもたらせました。パパ、ダーディー、そしてグランマにも。

Mike, you have a great smile.
マイク、あなたの笑顔は素晴らしい。

愛しの我が子へ
（木の小箱より）

これはジュディーが、
マイクとエバのために遺した
「木の小箱」に収められていた
メッセージ集です。

コロラドの月

2021年4月15日　初版第1刷発行

著　者　谷川 蘭子
発行者　瓜谷 綱延
発行所　株式会社文芸社
〒160-0022　東京都新宿区新宿1－10－1
電話　03-5369-3060（代表）
03-5369-2299（販売）

印刷所　株式会社平河工業社

ISBN978-4-286-21176-3